LA PEQUEÑA VOZ

Joss Sheldon

Traducido por Suky Rosales

www.joss-sheldon.com

ISBN: 9781507195901

EDITION 1.0

First published in the UK in 2016.

Distribuido por Babelcube, Inc.
www.babelcube.com
Traducido por Suky Rosales

Cover design by Marijana Ivanova.
Edited by Gil Aly Allen.
Proofread by Jon Werbicki.

PARA TI

"Lo más rebelde que puedes hacer es educarte.

Olvida lo que te dijeron en la escuela. ¡Edúcate!

No digo que sigas a las reglas. ¡Edúcate!

¡Edúcate! ¡Edúcate!

Rompe las cadenas de la esclavitud. ¡Edúcate!

Incluso si estás en la calle. ¡Edúcate!

Que poderosa arma es el cerebro. ¡Edúcate!

¡Edúcate! ¡Edúcate!"

AKALA

(Del album 'El conocimiento es poder')

UNO

Era mi sexto cumpleaños cuando la vocecita me habló por primera vez.

Comprenda por favor, querido lector, que no era una vocecita abstracta. Oh no! Pertenecía a una pequeña criatura que vivía dentro de mi cerebro. Pero esta criatura no había, hasta este punto, dicho ni una sola palabra.

La criatura no era humana, nada que ver. Aunque sus ojos eran idénticos a los míos.

Para ser más honesto debo admitir que no estoy completamente seguro de que era, siempre la he llamado "El egot".

La piel del egot era roja como el fuego, su cabello brillante como el sol de medio día y su panza redonda como una perla. Tenía pies palmeados, orejas de elfo y leves garras. Asumo que era masculino pero pudo haber sido femenino, no se podía saber con seguridad.

Aun así, sin importar su apariencia, me sentía cómodo cuando lo veía. Tenía un tipo de carisma que te hace sentir a gusto. Levantaba su capa plana, doblaba una de sus rodillas puntiagudas y guiñaba de cierto modo que hacia su ojo resplandecer. Con solo ver al egot me sentía feliz.

El egot me resultaba familiar, era parte del paisaje de mi mente, mi compañero, mi amigo.

Pero nunca había hablado, hasta que cumplí seis años.

Cuando pasó estaba en la escuela, sentado en la mesa de trabajo que compartía con otros cinco compañeros. El suelo encerado se iluminó por una luz blanca, el olor a virutas de lápiz flotaba en el aire.

Nuestra maestra, la Señora Brown, estaba parada en espacio de siempre, escribiendo con una pequeña tiza en el pizarrón.

– Tan pronto como los valientes exploradores pisaron esas tierras lejanas fueron atacados por un grupo de salvajes, – dijo a la clase a través de una nube de tiza.

– Oh! Oh!– gritó la mocosa McGill.

Me agradaba la mocosa McGill. Me agradaban todos los niños de mi clase. En ese entonces, creo que todos asumimos tácitamente que éramos iguales, que estábamos todos en el mismo barco. No pensábamos sobre nuestras diferencias de género, raza o clase. Coexistíamos, como una gran familia.

Creo que la mocosa McGill se llamaba Sarah, pero le decíamos "mocosa" porque siempre estaba resfriada. Raramente pasaba una hora en la que no estornudara, se picara la nariz o se restregara la cara en la manga incrustada de mocos. Pero tenía un hermoso color, ese brillo rosado que acompaña el resfrío la envolvía como un aura. Le quedaba muy bien, siempre se veía efervescente.

De cualquier modo, como les decía, la mocosa McGill estaba agitando la mano sobre su cabeza.

– ¡Maestda! ¡Maestda! – le dijo, – ¿Que es un sa'vaje?

La maestra Brown se dio la vuelta para vernos. Se veía blanqueada por la tiza, todo a su alrededor parecía blanquecino, el piso y las cenefas estaban cubierto de polvo de tiza. Los restos de gis relucía en el cabello abultado de la maestra Brown, cubría las puntas de sus dedos.

– Pues, – dijo ella – Un salvaje tiene el cuerpo de un hombre pero no su civismo. Un salvaje es como un animal. No viste ropa, ni vive en una casa, no estudia ni trabaja. Sigue sus instintos primitivos para comer, beber o reproducirse; pero no tiene intelecto, no tiene ambiciones, es maloliente, peludo y grosero. Hace el mínimo esfuerzo a modo de sobrevivir y pasa la mayor parte de su tiempo durmiendo o jugando.

La mocosa McGill se veía horrorizada, igual que Stacey Fairclough, la dormilona Sampson y Gavin Gillis. El gordo Smith parecía como si fuera a iniciar una pelea. La mayoría de mis compañeros estaban estupefactos. Yo me sentí inspirado.

"¡*No tienen que ir a la escuela*!" pensé con envidia e intriga. "¡*Pueden pasar todo el tiempo jugando*! ¡*Pueden dormir todo lo que quieran*!"

Es como si me hubiera topado con una especie de súper humanos. Para mí los salvajes sonaban como dioses y en ese mismo instante supe que quería ser uno de ellos. Nunca había estado mas seguro de algo en mi vida.

El egot sonrío maliciosamente. Enchinó una barba entre sus garras esqueléticas y tamborileó con una de sus patas palmeadas.

La maestra Brown continuó:

–Bueno, cuando los exploradores tocaron tierra un grupo de salvajes corrió hacia ellos; balanceándose por los árboles como monos, golpeándose el pecho como gorilas y rebuznando como asnos. Se agolpaban como pájaros y saltaban a través del polvo como un rebaño de ñus salvajes.

Ahí fue cuando el egot me habló por primera vez.

Se apoyó contra el interior de mi cráneo, justo detrás de mi nariz y cruzó sus piernas esbeltas. Entonces empezó a hablar:

–Si quieres ser un salvaje deberías comportarte como un salvaje. Por ejemplo, deberías correr en estampida como un ñu. Quizás golpear tu pecho como un gorila... o rebuznar como un asno? Si, si."

La voz del egot era tan... tan... tan... tan difícil de describir. Tan sutil, tan calmada, tan estrafalaria, tan excéntrica. Y tan ¡tan callada!

El egot acentuaba letras al azar, como si lo impresionara descubrir su existencia. Bebía sus palabras como un francés que disfruta una copita de vino tibio. También alargaba sílabas al azar como si le entristeciera dejarlas ir.

Había una cierta melodía en la voz del egot; no hablaba sino que mas bien rimaba, como un actor Shakesperiano en una fresca noche de otoño.

Pero el egot era callado, su voz era pequeña. Una vocecita dentro de mi cabeza, que me parecía tonta.

El egot cencerreaba su labio como un filósofo pensativo y esperaba mi respuesta. Pero yo estaba en un estado de choque paralisante, no podía haberle contestado aunque quisiera. Así que el egot se cruzó de brazos como simulando estar ofendido y luego continuo:

–Yo solo te hablo de lo que quieres escuchar, –ronroneó. Remolineaba la palabra 'hablo' tanto que el 'blo' sonaba reverberado cinco veces; 'Hablo-blo-blo-blo-blo'. – No tienes por que ceder a la urbanidad. No, no. Quieres ser un salvaje, se que quieres brincar entre los pupitres como un mono balanceándose entre los árboles. Si pudiera salirte con la tuya y nadie te juzgara, no lo pensarías dos veces.

Fue un momento de lucidez. Brillante, blanca y pura lucidez. Silenciosa, fuera de tiempo y espacio.

Por favor, permítame explicarme...

Son un gran admirador del fundador del Taoísmo, el antiguo filósofo chino Lao Tzu. Un anciano curtido, de pelo blanco como nieve virgen y ojos más profundos que cualquier océano en la tierra.

Pues Lao Tzu dijo una vez que 'Conocer a otros es sabiduría. Conocerte a tí mismo es iluminación.'

Querido lector, ¡así fue exactamente como lo sentí! En ese momento sentí que me 'conocí'. En ese momento me sentí 'iluminado'.

Todo estaba claro. Me quedó muy claro que había estado viviendo en una jaula, que la libertad estaba al alcance de mi mano y qué era lo que tenía que hacer. El egot era mi lucidez, hacía parecer todo transparente.

Lo recuerdo como una sensación de otro mundo, como si hubiera salido del reino físico. Mis piernas sostenían mi torso, mi estructura estaba firme y mi espíritu se quedó quieto. Mi cuerpo se desintegró fuera de mi control.

Observé como mi cuerpo se liberaba, como saltaba hacia nuestro escritorio compartido, mientras se golpeaba el pecho como un gorila valiente y mientras hinchaba su pecho como un superhéroe intrépido.

El tenue sonido de la novena sinfonía de Beethoven empezó a llenar mis oídos. Las delicadas cuerdas de violín ofreciendo un telón de fondo melódico para el ballet que se desentrañaba en el escenario.

Mi cuerpo realizó una pirueta. Las hojas de papel blancas se elevaron bajo mis pies y se extendieron alrededor de mis espinillas como espuma en un agitado océano.

Sentí una oleada omnipresente de dicha.

Una de mis piernas se elevó de mi cuerpo formando una flecha afilada que apuntaba hacia el pupitre contiguo. Mantuve esa posición perfectamente inmóvil, mientras levantaba mi barbilla con una gracia ostentosa. Luego salté cual ciervo en primavera, en cámara lenta, con una pierna apuntando hacia delante y la otra tirando hacia atrás.

La novena de Beethoven sonaba gloriosamente mientras ronroneaba a través de los engranajes. Las violas se unían a los violines y los violoncelos se unían a las violas. Los contrabajos resonaban y las flautas silbaban.

Aterricé con los pies juntos como un ángel del aire, un demonio del mar.

Mi mente flotaba sobre un océano infinito.

Mis piernas saltaban a través del aire infinito.

Saltaban de mesa en mesa cada vez con mayor rapidez, ganando impulso, ganando altura. Podía ver mi alma de simio, podía escuchar los aullidos que salían de mi boca abierta.

Podía escuchar la novena de Beethoven llegar a su primer crescendo, como la sección de bronce inició el grito de guerra. Las flautas se unificaron con los clarinetes, los fagotes resonaron, las trompetas y cuernos gritaban con un placer incontrolable.

Rebuzné como asno en su clímax sexual. Mis pulmones estaban llenos de espíritu puro.

Aterricé en cuatro patas cual bisonte. Mis hombros protruían de la espalda y mis sienes estaban erectas como cuernos.

Brinqué como un sapo gigante y corrí en estampida entre los pupitres como una manada de ñus salvajes, dejando un rastro de sillas volteadas, estudiantes torcidos y una mezcla de escombros a mi paso.

La novena de Beethoven llamaba a la redención, la gloria y la liberación. Era un grito apasionado, lleno de furia.

–¡Yew! ¡Yew! ¡Yew!– gritaba la maestra Brown. –¡Yew! ¡Yew! ¡Yew!

Había estado gritando desde el momento en el que me levante, pero yo había estado en un plano diferente, no había escuchado ni pio.

Su voz perforó mi éter, desvaneció mi euforia y me arrojó entre los fragmentos de mi orgullo destruido. A mi izquierda, una pequeña calculadora sangraba tinta negra, una mesa ladeada se balanceaba de atrás a adelante cual adicto en sobriedad y una maceta escupía migajas de tierra por todo el piso de vinil. A mi derecha, Aisha Ali se aferraba al cuello de su blusa, Tina Thompson se frotaba la canilla y el gordo Smith se sobaba el vientre.

–¡Yew! ¡Yew! ¡Yew!– gritó la maestra Brown.

(Por cierto, me llamo Yew. Olvidé mencionarlo).

–¡Yew! ¿Qué demonios crees que estás haciendo? ¿Qué te pasa? Yo, yo, yo...

La maestra Brown se ahogó con sus palabras, se llevó la mano a la garganta, tosió un poco de polvo de tiza y luego devoró un trozo de aire pasivo.

Sacudió la cabeza.

–¡Usualmente eres un niño tan bien portado!

Exhaló.

–Nunca había visto nada parecido. ¿Qué te paso? ¡Mira este lugar! ¡Solo mira este lugar! Yo... yo... ¡No puedo creerlo! ¡Oh cielos!.

Miré a mi alrededor.

Los escombros de mi liberación atacaron a mis ojos torridos. La desgracia de mi emancipación enjuagó mis venas polvorientas y mi cuerpo se volvió el tibio envase de las lágrimas del desierto.

–No estoy molesta,– suspiró la maestra Brown. – Estoy decepcionada.

Eso me dolió, me dolió mucho.

Sentía aprecio por la maestra Brown, era una persona muy dulce y cálida. Así que decepcionarla me partió en dos.

Fue una pesada desilusión, por la carga de la expectativa y la gravedad de la situación. Y fue una decepción abrumadora. Me derrumó al suelo.

Mi mundo se invirtió. La ignorancia reemplazó a la iluminación, la oscuridad remplazó a la luz, la densidad remplazó a la ligereza.

Mi euforia fue usurpada por una especie de ansiedad mortal que me sacudió por completo e hizo temblar mi centro. La novena de Beethoven se opacó con el estruendo de mi persistente corazón. Fui succionado por un hoyo negro en el centro de mi ser, paralizado por la decepción de mi maestra y congelado en mi propia sensación de miedo. Me sentí atrapado, pequeño y vulgar.

–Decepcionada,– repitió la maestra Brown. –¡Yew! Así no es como debes comportarte, no es lo que la sociedad espera de ti.

La maestra Brown sacudió la cabeza, lo que provocó que polvo de tiza flotara por el aire. Brillaba en la luz blanca, resplandecía.

La maestra Brown chasqueó la lengua, luego me ordenó ir a la oficina del Director.

DOS

Nunca me gustó la oficina del director, parecía poseer un tipo violento de neutralidad. Estaba seguro que sus paredes color cáscara de huevo y sus modestas sillas trataban de atacarme con su insipidez.

Para mí, querido lector, ese lugar era el purgatorio encarnado; ni bueno ni malo, sino un portal a grandes premios y los peores castigos.

Como en cualquier tipo de purgatorio, real o imaginario, era la espera lo que te afectaba. Tuve que permanecer sentado ahí por mas de una hora; jugando con mis pulgares y ojeando la brillante edición de la Biblia Internacional de Gideon. El señor Grunt, el director de la escuela, pudo haberme hecho pasar de inmediato, pero prefirió no hacerlo.

–Pasa Yew, – finalmente alentó. – No podemos tenerlo ahí sentado todo el día. ¡Hable jovencito! Digame porque esta aquí. ¿No ve que estoy ocupado?.

El director Grunt me miró directo a los ojos.

El egot puso los ojos en blanco. Me puse de pie. Mis dientes castañeaban tanto que tuve que forzar mi quijada a abrirse para poder hablar:

– La maestra Brown me mandó, señor. – dije en un susurro.

– Pues claro. ¿Y porque, si me permite preguntarle, lo envió la maestra Brown para acá?

– Porque me comporté como un salvaje, señor. Brinqué entre las mesas como un simio y corrí en estampida como un ñu salvaje.

–¡Yew! ¡Yew Shodkin! – suspiró el director Grunt, más sorprendido que enojado. – ¿Por qué haría algo así? ¡Oh cielos! No nos comportamos así. ¿Qué le sucedió? Siempre es un muchacho bien portado.

Miré los dedos de mis pies.

– La criatura que vive dentro de mi cerebro lo sugirió, – ofrecí tentativamente. – Fue muy convincente.

El egot asintió sabiamente, golpeteándose la barbilla, como si estudiara la situación, juntando evidencia para usarla en un punto posterior. Pero no dijo ni una sola palabra.

El director Grunt parecía desconcertado. Entrecerró tanto sus ojos que sus escasas cejas se fusionaron. Parecían un áspero arbusto. Parecía no tener idea de que decir. Solo tamborileaba su dedo en el escritorio, luego miró a la insulsa ventana de plástico.

– ¿Cree usted que una pequeña criatura vive en su cerebro? – finalmente preguntó. —¿Y esa criatura le dice que hacer?

– No señor, – conteste. – No me dice que hacer. Ni siquiera me había hablado hasta ahora.

– ¿Pero cree que hay una criatura dentro de su cerebro?

– Si, claro. Siempre ha vivido ahí.

– ¿Y esta criatura le dijo que corriera como salvaje?

– Bueno, no me lo ordenó. Sugirió la idea y me convenció de que era lo que *yo* quería hacer.

Los ojos del director Grunt se convirtieron en orbes translucidos de emociones mezcladas. Se llenaron de intriga, confusión y horror; consideración, deliberación y angustia.

Bajó la mirada a su escritorio para evitar la mía. Luego escribió algo ilegible en una libreta de papel reciclado. El lado izquierdo de su cuerpo se agitaba. Un vello cayó de su nariz.

– Pues si, eh... – dijo.

Asentí.

El egot asintió.

Un insecto presente en la reunión asintió.

– Bueno, creo que tenemos que conseguirle ayuda entonces, querido. No se preocupes por nada ¡Nos vamos a encargar de usted! ¡Estamos de su lado!

TRES

Mi mama me besó en la mejilla cuando me dejó en la escuela. Siempre me daba un beso cuando me dejaba en la escuela, siempre me abrazaba y siempre me decía:

–Sé buen niño, ángel mío. ¡No hagas nada que no haría yo!

La mire. Miré las hombreras que levantaban su suéter, las manchas de hígado que asediaban sus manos y sus ojos que eran tan sinceros, tan honestos, tan completamente amorosos.

Sonreí.

Me dirigí hacia la enfermería donde esperé en estado de silencio aprensivo. El olor antiséptico me quemaba la nariz y me hacia hormiguear la cabeza. Era lo que pasaba en la enfermería, ibas ahí para sentirte mejor, pero a menudo te hacía sentir peor. Era estéril y súper brillante. Era demasiado limpio para sentirse cómodo.

La Dra. Saeed entró, se sentó en un escuálido sillón y comenzó:

– Vamos a jugar un juego, – dijo. – Se llama "asociación de palabras". Te diré una palabra y me gustaría que me respondieras con la primer palabra que aparezca en tu cabeza. ¿Quedó claro?

Asentí.

– Muy bien, vamos a empezar...

La Dra. Saeed no parecía una doctora de verdad. No tenía la mezcla amortiguada de poder y compasión que flota como humo alrededor de la mayoría de los médicos y no usaba bata o estetoscopio. No hacia exámenes, solo hablaba y jugaba. Por mí estaba bien, ¡jugar esos juegos me libraba de mi clase de matemáticas!

– Hielo... – dijo con la mirada seria de un profesor exigente.

– Helado. – contesté.

– Monstruos...

– Horrible.

– Real...

– Yo.

– Fantasía...

– Caricaturas.

– León...

– ¡Rugido!

– Salvaje...

– Libre.

– Manzana...

– Naranja.

– Hechos...

– Lecciones.

– Ficción...

– Caricaturas

– Criaturitas...

– ¡Caricaturas!

Mientras jugábamos, la Dra. Saeed llenaba un formulario; marcando opciones y garabateando notas de manera desordenada. Hizo una pausa y me miró por un breve instante. Su rostro parecía completamente sincero, serio, en blanco.

Luego se suavizó. La Dra. Saeed parecía a punto de sonreír, pero resistió el impulso y mantuvo su expresión imparcial.

– De acuerdo, – dijo. – Voy a mostrarte unas imágenes, quiero que me digas que es lo que ves.

Asentí.

El egot frunció el ceño. Su frente roja se tornó morada y magnolia.

Parecía estar en un estado de profunda contemplación, juzgando a la Dra. Saeed. Pero sin decir una palabra, simplemente paseaba de un lado a otro por los pasillos del centro motor de mi cerebro, asintiendo y retorciéndose los bigotes.

La Dra. Saeed colocó una pila de tarjetas A4 en su regazo y luego volteó la primera contra su pecho. Tenía una imagen de un gato y un perro que perseguían la misma pelota.

Volteé a ver a la Dra. Saeed.

– ¿Que es lo que ves? – me animó.

– Una imagen. – contesté.

– Si, continua...

– Veo una imagen.

– ¿Que hay en la imagen?

– Un gato y un perro.

– ¿Y que están haciendo?

– Están persiguiendo una pelota.

– ¿Cómo te hace sentir eso?

– ¿Perdón?

– ¿Qué emociones siente cuando ves esta imagen?

– No siento nada.

– ¿Nada en absoluto?

– No, es estúpido. Los gatos no persiguen pelotas.

La Dra. Saeed asintió. Hojeo sus cartas, que mostraban escenas aleatorias y continuó preguntando aleatoriamente. Luego encontró la imagen de un niño. Un angelito estaba en uno de sus hombros y un pequeño demonio estaba en el otro.

Vi a la Dra. Saeed.

– ¿Qué ves aquí? – Me alentó.

– Un niño con un ángel y un demonio en sus hombros.

– ¿Y que significa eso?

– ¿Significar?

– ¿Cuál es el mensaje?

– Es una imagen.

– ¿Pero que es lo que la imagen quiere decir?

Me reí. Con una de esas risitas incómodas que se escapan algunas veces. Una risita femenina, un chillido ensordecedor tibiamente cursi. Fue vergonzoso, así que me lo tragué rápidamente y luego contesté con voz altiva:

– Las imágenes no hablan –dije. – Las imágenes no dicen absolutamente nada.

El egot sonrió.

La Dra. Saeed frunció el ceño.

– ¿Por qué crees que haya un ángel en su hombro?

– A lo mejor esta perdido. – Conteste.

– ¿Perdido?

– Si, perdido. Los ángeles van en el paraíso, y ahí no es el paraíso. Hay un demonio, no hay demonios en el paraíso.

El aroma nauseabundo de lejía saltó a través del aire desinfectado.

– ¿Crees que el ángel este ahí para hablarle al niño?

– ¿Eh?

– El ángel y el demonio están parados cerca del niño. Usualmente cuando la gente permanece cerca terminan hablando. ¿Crees que los personajes de este cuadro podrían estar charlando?

– No lo se.

– ¿No lo sabes?

– Bueno, quizás. No lo veo, pero supongo que es posible.

La Dra. Saeed hojeó sus tarjetas de nuevo en su regazo.

– ¿Los ángeles y demonios alguna vez te hablan?

Inclinó la cabeza y me miró a los ojos.

– No, – contesté. – Nunca había visto un ángel o un demonio, no en la vida real.

La Dra. Saeed respiró profundamente.

– Yew, – dijo. – La semana pasada le dijiste al director Grunt que un demonio te dijo que destruyeras tu salón. ¿Estoy en lo correcto?

– No, – conteste. – No fue lo que dije. Eso no fue lo que paso.

Lo decía en serio. Para mi el egot no era un 'demonio', era un amigo y no me 'dijo' que destruyera el salón, sugirió que actuara como salvaje. Hay una diferencia. Una gran, gran diferencia.

– ¿Yew?

– Si.

– ¿Me estás diciendo la verdad?

– Si, señorita.

– ¿Así que no le dijiste al director que habías oído una voz dentro de tu cabeza?

– Bueno, si, si le dije eso.

– ¿Y esa voz no es de un demonio?

– No. No es de un demonio.

– ¿De donde salió esa voz?

– De una criatura.

– ¿Qué tipo de criatura?

– Una extraña, pero agradable.

– Y esta criatura ¿te habla?

– Si.

– ¿Y vive dentro de tu cabeza?

Las preguntas de la Dra. Saeed me inquietaban. Me sentí interrogado, como acusado en un tribunal. Yo estaba en el banquillo y la Dra. Saeed era la fiscal. La horca me esperaba, cualquier indiscreción podría voltear el veredicto.

Me quedé callado. La Dra. Saeed no cedió.

El egot saltó por los pasillos de mi mente, se deslizó por un tendón y pasó su garra espinosa por su cabello amarillo brillante. Parecía finalmente estar listo para hablar.

– Bueno, ¡hola! – dijo en voz baja. Le tomó un total de cinco segundos decir la palabra 'bueno' y hacer eco en la palabra 'hola'. – Si quieres salir de aquí deberías de negar mi existencia. Quizás podrías decirle a la doctora que me inventaste. Creo que pensarán que estas loco si les dices la verdad y le hacen cosas terribles a la gente loca. Cosas horriblemente terribles. No, no creo que quieras eso. No, no.

Se suponía que dijera la verdad, es lo que hacen los niños buenos.

– Cosas horriblemente terribles. – repitió el egot.

Rebotó su panza como si fuera pelota.

– Ponen a los locos en camisas de fuerza en cuartos acolchonados. Les dan avena aguada de comida, gris y pegajosa, solamente avena aguada. Y los electrocutan todos los días. Cosas horriblemente terribles. No, no creo que quieras eso.

El egot se hundió de nuevo en mi materia gris, como un gato en un puf y se desatoró un pedazo de pollo de la garra.

– Solo te hablo de lo que quieres oír, – dijo sin levantar la mirada. – te puedes librar de esta. Puedes evitar esas cosas horribles.

La Dra. Saeed se aclaró la garganta.

– ¿Y vive dentro de tu cabeza? – repitió.

Bajé la vista a mis pies.

– No, señorita. – contesté.

– ¿Donde vive la criatura?

– No hay ninguna criatura, señorita.

Hice un pausa.

– Lo inventé. Lo siento mucho.

Mi cuerpo no supo como reaccionar. Mi corazón latía en mis adentros; '*Boom! Smash! Boom, boom, Smash!*'. Mi estómago vibraba y mi pecho tembló.

Me sentí mareado, enfermo.

–¿De verdad Yew?

–Si señorita, de verdad. No quería responsabilizarme de mis acciones. Fue muy rebelde de mi parte, de verdad me siento avergonzado.

La Dra. Saeed se quedó sentada en silencio, mirándome con ojos exigentes y su cara imparcial.

Yo también estaba callado. Como dice Lao Tzu, '*El silencio es una fuente de gran fortaleza*'.

Bueno, pues quería mostrar 'gran fortaleza'.

Y, al final, funcionó. La Dra. Saeed rompió el silencio primero:

– ¿Alguna vez haz escuchado voces? – Me preguntó, pasados unos minutos. – ¿Haz oído voces dentro de tu cabeza?

– Nunca, – mentí. – Ni una sola vez.

CUATRO

Me obligaron a ver a la Dra. Saeed cada semana.

Indagó de poco a poco; me interrogaba como detective locuaz, pero no creo haberle confiado mucho. Pasaba la mayor parte del tiempo jugando con su set de trenes de madera. Estaba fascinado, me encantaban sus ruedas giratorias y su burda vía.

La doctora tomaba muchas notas. Y quiero decir muchas notas. ¡Montones y montones! En cuadernos de renglones y libretas en blanco, con tinta ordinaria o marcas cenicientas de lápiz. Sus interminables garabatos usurpaban innumerables páginas. Su serpenteante pluma formaba un laberinto interminable de líneas enredadas.

Luego, ya pasado un año, la Dra. Saeed empacó su montón de notas y se largó para nunca volver. Yo tuve que regresar a mis clases de matemáticas.

No estaba completamente seguro de porque la Dra. Saeed decidió irse, pero creo que el egot jugó un papel al respecto. Era mi guía, me ayudaba a evitar las trampas que se escondían en las preguntas inofensivas de la doctora.

El egot había empezado a visitarme con regularidad. Su sabio consejo me había protegido de situaciones precarias y su temperamento malicioso había levantado una cortina en mi autocontrol. Empecé a hacer cosas que siempre había querido hacer muy en el fondo, pero que no había tenido el valor de llevar a cabo.

Comprenda por favor, querido lector, que solo habló de cosas pequeñas y se ha dicho que las cosas pequeñas divierten a las mentes pequeñas. Tal vez *tenía* una mente pequeña, pero Lao Tzu dice: '*Logra la grandeza en las cosas pequeñas'*. Supongo que eso era lo que estaba tratando de hacer.

Una mañana, por ejemplo, nuestro grupo estaba esperando para ir a asamblea. Nuestro maestro de ese año, el señor O'Donnell, había salido del salón. Así que aproveché, ¡si que lo hice! Hice a todas las niñas de la clase pararse con las piernas separadas y luego me deslicé de espaldas debajo de ellas.

Gavin Gillis se me unió, siempre se podía confiar en él para unirse a la diversión. Era un muchacho genial, tenía un sentido de maldad que era casi igual al mío. Siempre llevaba los mejores almuerzos y los compartía con todos sus amigos. Si, realmente me agradaba Gavin.

Como les decía, Gavin y yo nos deslizamos entre las piernas de las niñas. ¡Vimos todos sus calzones!¡Los vimos todos! Los de Amy McLeish eran rosa con puntos blancos. Los de Kelly Evans parecían como algo del siglo XI, gigantescos y del color de una bolsa de papel marrón. Y Chantelle Stevens llevaba una tanga ajustada. Tenía solo siete años ¡La pequeña descarada!

Era una violación; a las niñas y a las expectativas de la sociedad. No se suponía que uno hiciera ese tipo de cosas. Pero se sintió genial, como si hubiera satisfecho un deseo insistente. Como si Gavin y yo hubiéramos soltado nuestras bestias internas; nuestros verdaderos seres salvajes.

El egot me animaba a hacerlo.

– Te gustaría ver calzones – puntualizó mientras se recargaba en mi médula espinal. – Esta podría ser tu única oportunidad para hacerlo, te saldrías con la tuya y te gustaría. Piensa en todas esas hermosas pantaletas.

El egot hablaba tan bajito que no podía evitar ponerle toda mi atención. Hablaba con tanta indiferencia, como si no le preocupara mi presencia, eso me atraía. La dulce melodía de su voz me ponía en un trance embriagador. Me intoxicaba. Me arrojó al suelo y me impulsó debajo de los muslos e ingles virginales, succionando su feminidad, retozando en mi descarada tontería.

Pero sería un error culpar al egot por mi comportamiento. La verdad es que quería mirar lo que había debajo de sus faldas, tenía la insaciable necesidad de acércame a la fruta prohibida. El egot me ayudaba a superar mis inhibiciones pero eso no me había convertido en otra persona. Lejos de eso.

Lao Tzu dice: *'Cuando estes contento contigo mismo, sin comparaciones ni competencias, el mundo te respetará.'*

Bueno, pues estaba siendo *yo mismo*. Mi yo real. Y creo que mis compañeros me *respetaban* por eso. Nadie le dijo al maestro O'Donnell lo que habíamos hecho. Gavin y yo nos libramos del castigo por nuestras indiscreciones, tal como el egot lo predijo.

Me escapé de muchas castigos en los siguientes meses.

Me salí con la mía al copiarle el libro a la mocosa McGill, al comerme una barra de chocolate que tomé del escritorio del maestro O'Donnell y con orinar en una maceta. ¡Dos veces! Aunque me atraparon la tercera vez.

– Pon cara de inocente,– me dijo el egot, con su cara en un tono rojizo de culpa con un modesto tono rosado. –Dile al maestro O'Donnell que lo sientes, que no te pudiste aguantar, que no lo volverás a hacer. Estoy seguro que será compasivo. Si, si.

El maestro McDonnell me escuchaba mientras repetía las palabras del egot. Puso los ojos en blanco y luego continuo con la clase.

Hubo sonrisas juguetonas que aparecieron en las insolentes caras de mis compañeros. Sus risitas calladas sonaban en mis oídos, estaba seguro que se reían conmigo, no de mi. ¡Me hizo sentir tan orgulloso! ¡Tan rebelde! ¡Tan condenadamente invencible!

Erguí el pecho, me sentí como el rey de mi castillo y el capitán de la clase.

Me volvieron a atrapar cuando oriné en la maceta por quinta vez. Como castigo me obligaron a usar una bacinica por dos semanas. Fue muy vergonzoso, me devolvió a la tierra de golpe.

La planta se secó. Deje de orinar en público.

Empecé a recibir otros pequeños castigos también.

La vez que use la manga de la dormilona Sampson como pañuelo, tuve que sentarme con las piernas cruzadas en el piso, frente al radiador. Mi cara se puso roja como una lámpara de prostituta y mis piernas se durmieron por completo, pero volví a mi escritorio en solo media hora.

Me hicieron sentarme en silencio la vez que enseñé el trasero, pero aun así les susurraba a mis amigos que me apoyaran, que se enfrentaran al sistema. El egot me dijo que lo hiciera, hinchó su pecho e hinché el mío.

Me hicieron leer un libro mientras mis compañeros de clase estaba fuera aprendiendo acerca de las plantas, porque me había pedorreado sonoramente durante la asamblea escolar. Se trataba de un pedo particularmente aguado a decir verdad. Fue pícaro, hizo reír al egot.

Pero ninguno de estos castigos hizo que dejara de escuchar al egot.

El egot me animaba a esconder la tiza, en un intento fallido de detener nuestra clase de matemáticas. Me alentó a reajustar los relojes para poder salir de la escuela una hora temprano. Eso casi funcionó. También me animó a cortar mechones del cabello de Stacey Fairclough, sentí que le estaba haciendo un favor, se veía más linda con el cabello corto.

Me salí con la mía en estas cosas y mas, me hizo sentir súper invencible. ¡Me hacia sentir absolutamente genial!

CINCO

Cada vez que escuchaba al egot me sentía más libre, más feliz.

El egot era mi droga. Cuando seguía sus sugerencias me elevaba. Pero cuando me atrapaban me daba un bajón miserable, enfermizo y deprimente. Pero me volví ambivalente a mi vergüenza; sobrelleve mi culpa y sobreviví los castigos. Aun quería más. Aun ansiaba más. Era un adicto.

Pero todo cambió cuando tuve una sobredosis de consejos del egot...

Sucedió en una fresca mañana de primavera, en una de esas mañanas húmedas cuando el suelo esta luminoso y el aire esta fresco. Pero yo estaba atrapado y la sofocante naturaleza de la escuela me estaba afectando. Soy un ave ¿saben? Necesito espacio y libertad. Y en ese entonces, necesitaba ser un niño; retozar como niño, reír como niño y hacer travesuras como niño. Pero ahí estaba, obligado a sentarme detrás de un escritorio, cautivo en cuatro paredes insensibles y esclavizado por la autoridad omnipotente de mi maestro.

Supongo que mi cautividad me obligó a contraer lo que Richard Louv llama *"trastorno por déficit de la naturaleza"*. Es un trastorno que se desarrolla cuando una persona no pasa suficiente tiempo al aire libre. Además de conducir a una amplia gama de problemas de comportamiento, el trastorno de déficit de la naturaleza también puede apagar los sentidos, aumentar la tasa de enfermedad y conducir a dificultades de atención. Según la doctora Stephanie Wear, estar atrapado en el interior aumenta las hormonas del estrés, la presión arterial y el ritmo cardiaco.

Pero si me hubieran preguntado como me sentía en aquel entonces, no habría intelectualizado las cosas de esa manera, no habría mencionado a tales como Louv o Wear. Mi mente no funcionaba de ese modo.

Mis problemas eran emocionales, los sentía. Me sentía atrapado por el adoctrinamiento a cuenta gotas del plan de estudios nacional. Me sentía como prisionero en ese sofocante salón, sentía que iba perdiendo mi individualidad, vistiendo un uniforme escolar genérico y siguiendo con conjunto genérico de reglas escolares.

Simplemente no se sentía natural, no se sentía bien. Quería liberarme, correr y disfrutar el patio del infinito. Quería ser joven, quería ser miembro de esa especie en peligro de extinción; el niño en su entorno natural.

Inhalé, suspiré y miré por la ventana.

Vi un arcoíris, para mi parecía como una corona en lo alto del cielo. Fue hermoso, vibrante, deslumbrante. ¡El violeta era tan vívido! ¡El azul índigo era indulgente! ¡El rojo, tan real!

Mis ojos golosos se deleitaban en ese arcoíris, me llenaba de asombro. Era como sentir magia, había sido admitido en su misterio.

Quería correr fuera del salón de clase y perseguir ese arcoíris, quería desenterrar el caldero de oro que estaba sepultado en cada extremo. Quería dar volteretas en su vapor colorido y retozar en su luminosa neblina. Quería quitarme los zapatos y sentir el césped entre mis dedos.

Quería bailar en la lluvia.

Pero no podía. Tenía que permanecer adentro, atrapado en este sofocado salón de clases, asfixiándome, sintiéndome inquieto, tenso y nervioso.

Así que, durante la clase sobre pasados participios de primero de secundaria del maestro O'Donnell me empecé a reír a carcajadas. Me reí por el solo hecho de reírme. Carcajada tras carcajada, hasta que uno de los estruendos me tiró al piso y una fuerte convulsión me forzó a rodarme por el suelo.

Seguía el consejo del egot:

– Déjate llevar, – me susurró mientras se inclinaba gorra plana. La sílaba 'var' resonó cuatro veces; 'var-var-var-var.' – Libérate, sé libre, sé el chico que quieres ser. ¡Si, si!

Así que comencé a reírme, sin más. Hice lo que el egot me sugirió y ¡se sintió tan correcto! ¡Tan bien! ¡Tan natural!

El egot empezó a aullar.

Luego yo empecé a aullar. Aullé solo por aullar, aullé como lobo eufórico. Lancé un interminable *¡Ah-uuuu¡* que flotaba en las alas del tiempo y se elevó tan alto como el paraíso. Liberé a mi bestia interna, era vulgar y tan bestial. Y se sentía genial.

– ¡Ah-uuuu¡ ¡Ah-uuuu¡ ¡Ah-uuuu¡

Debo haber gritado durante tres minutos.

El maestro O'Donnell cruzó el aula, dando pasos lentos y metódicos. Se quedó quieto y se plantó sobre mi, con sus manos en sus caderas puntiagudas.

Su sombra me envolvió, su aliento quemaba mi cuello.

Esperó, tan quieto como un centinela, hasta que terminé. Luego regresó al frente del salón, donde continuó con la lección como si nada hubiera pasado. Pero me di cuenta de que lo había afectado, sus manos temblaban mientras escribía y su voz tartamudeo mientras decía:

– ¿Cuál es la forma su-su-subjuntiva del vu-vu-verbo? – preguntó.

– ¿No debería usted saberlo?– respondí a petición del egot. – Se supone que usted es el maestro.

El maestro O'Donnell rompió su tiza.

La dormilona Sampson se rió jocosamente.

Y un anuncio retumbó del auto parlante:

– Daisy Smith, favor de reportarse a la recepción inmediatamente.

El maestro O'Donnell hizo un pausa. Permaneció ahí parado, con las manos en las caderas mientras esperaba a que la interrupción terminara.

El auto parlante siseó.

El maestro O'Donnell estaba por continuar pero hablé antes de que el tuviera oportunidad de hacerlo:

– Estoy oyendo voces de nuevo. – dije.

Todos rieron. El maestro O'Donnell se quebró.

– ¡Yew!– gritó. – ¡Yew Shodkin! Ya estoy hartó de ti. ¡Esta es mi última advertencia! Estas caminando por una línea muy delgada, jovencito. Si escucho aunque sea un pio de ti el día de hoy, te vas a ir directo frente al director Grunt. Se tomarán medidas disciplinarias, ¡oh si!

Pero no me importó, estaba al límite, lleno de energía inquieta y deseos insatisfechos. Me sentía prisionero, aun sentía la necesidad de liberarme.

Así que, a sugerencia del egot, tomé una regla de madera y la azoté con el brazo del gordo Smith.

– ¡Ye-ha! – gritó el egot con alegría. Su voz permanecía callada, aunque estuviera echando porras, lo que lo empapaba de un aire de discreta seriedad.

Los ojos del gordo Smith se iluminaron. Le di un derechazo al pecho, le apuñalé el brazo con la regla, le saqué el aire.

El gordo Smith agarró su regla.

– ¡Touché! – gritó mientras trataba de darme una estocada.

¡Dios, amaba a ese muchacho! El gordo Smith era una verdadera leyenda. Tenía un aire jovial que normalmente se encuentra en los ligeramente robustos. Nunca había una sonrisa lejos de sus labios, sus ojos tenían siempre un guiño descarado.

Esquivé su regla hacia un lado y me puse de pie.

– ¡En guardia!

El gordo Smith dio un salto ¡Estaba radiante!

Nos enfrentamos. Arremetí hacia delante, con la cabeza agachada y la regla extendida. El gordo Smith se echó hacia atrás. Sus piernas chaparras se tropezaron en miles de pequeños pasos.

Se repuso. Me guiñó el ojo y se lanzó a la ofensiva, golpeando y pateando, blandiendo su regla a través del aire despreocupado. Esquivé, me agaché y me hundí, moviéndome de un lado a otro.

El egot imitaba mis movimientos, con una sonrisa dichosa en el rostro. Su cabello brillaba, su piel roja brillaba con sudor furioso.

Saltamos por el salón, solíamos saltar siempre en ese entonces. Era una expresión de nuestra juventud, más divertido que caminar, más elegante que correr y más ligero que mantenerse quieto.

Saltamos frente a repisas ocupadas, plantas enfermizas y estudiantes desconcertados.

Saltamos frente al ratón de la clase que vivía prisionero en una pequeña jaula.

Saltamos frente a mesas, sillas y armarios.

Y bailamos, las crujientes sillas se deslizaban mientras bailábamos un vals entre ellas. Las chicas resollaban cuando intercambiábamos golpes. Los chicos aplaudían mientras mi regla pinchaba las costillas del gordo Smith, sus tríceps y sus caderas. El respondió con golpes en mi abdomen, muñecas y riñones.

Las paredes represivas se iban derritiendo. Las letras, los números y las palabras flotaban en el éter. Las reglas, las normas y las restricciones cayeron al suelo como polvo.

Me estaba liberando de los grilletes de mi encarcelamiento, me estaba expresando. Y sobre todo, estaba siendo un niño, jugando, quemando mi energía excesiva y pasando un rato genial.

El egot se lo estaba pasando genial.

El maestro O'Donnell seguía gritando:

– ¡Yew Shodkin! Esta vez ya fue suficiente! ¡Claro que si!

Se apresuró a través del salón, tropezando con sillas y chocando con otros niños. Sus zapatos de cuero café arremetían contra el ceroso linóleo, sus mangas revoloteaban como alas de pájaros dementes.

– ¡Estás en problemas, muchacho!

El maestro O'Donnell bajó hacia mi, me tomó del cuello de la camisa y me levantó como un águila lo haría como un ratón. El botón superior me cortaba la garganta y mis piernas se elevaron en el aire.

Era el comienzo de caída. Mi mundo invertido, las chispas de libertad que habían ardido dentro de mi fueron apagadas por el halito nublando del maestro O'Donnell, mi esperanza fue reemplazada por miedo.

El maestro O'Donnell me llevó a afuera.

Avanzamos, a través de pasillos revestidos de plástico que olían a pegamento blanco, alrededor de esquinas cerradas y escalones solitarios. Los pies de mi maestro sonaban con un tono maniaco, fuera de tiempo y sin ritmo.

Las paredes me miraron con expresión de condescendencia.

El aire sabía a años pasados.

Mi corazón latía con fuerza, resonaba con presentimiento. Los vellos de mi cuello se erizaron, mis pies lloraban lágrimas de sudor.

Seguimos marchando, a través del resplandor luminoso de la luz de neón, a través de armarios jactanciosos y las anchas escalinatas.

Seguimos marchando, atravesando los callejones de mi disgusto, los pasajes de mi perdición y los laberintos de mi vergüenza.

En marcha, hasta que llegamos a la oficina del director Grunt, donde permanecimos de pie, esperando órdenes.

– ¿Y qué tenemos aquí? – exclamó el director.

– Este muchacho se paso de la raya, – contestó el maestro O'Donnell. – ¡Ha sido demasiado! Ha estado desgarrándose, peleando, hablando y aullando. Ya es hora de tomar serias medidas disciplinarias. ¡Claro que si!

El director Grunt mecía la cabeza afirmativamente.

– ¿Serias medidas disciplinarias? – Repitió.

– Disciplina severa. – El maestro O'Donnell coincidió.

El director Grunt se tomó un instante para pensar, sus cejas espesas presionadas juntas, su piel elefantina arrugada en dobleces.

Los segundos siguientes se sintieron como pequeños pedazos de eternidad. Todo estaba en silencio, incluso los ecos eran silenciosos, incluso el viento enmudeció.

Mis maestros se acercaron a mi, sofocándome con su energía negativa y succionando cada onza del ímpetu de mi ser destruido. Podía sentir sus auras, podía ver el marrón de su auto concentración, el amarillo oscuro de su tensión y el rojo turbio de su ira.

Esa ira hervía, el vapor escapaba por sus narices atareadas y la lava fluía de sus ojos irritados.

¡Me sentí tan pequeño! Como un ratón atrapado en una esquina por un paciente gato. Mi miedo me sofocaba, la culpa me perturbaba, mi vergüenza estaba desatada. Me sentía desgraciado, ridículo y completamente absurdo.

– ¿Ha escuchado la expresión – finalmente preguntó el director Grunt. –'*Engáñame una vez y la culpa es tuya; engáñame dos veces y la culpa es mía'*?

Negué con mi cabeza, el movimiento me hizo sentir nauseas.

El director Grunt tamborileaba sus dedos.

– Nos ha estado engañando – susurró. – Le hemos dado oportunidad tras oportunidad y nos ha avergonzado una y otra vez. Debemos hacer las cosas de manera diferente, necesitamos disciplinarle.

El director Grunt buscó la aprobación del maestro O'Donnell, quien asintió sabiamente.

Mi panza se llenó de ácido.

– Si, – el director Grunt continuó. – ¡Disciplina! ¡Serias medidas disciplinarias!

Dijo mientras se golpeteaba su labio desmoronado.

– No nos agrada disciplinar a nuestros estudiantes. No, no lo disfrutamos ni un poco. Pero es necesario, necesitamos hacerlo por su beneficio, para ayudarles a convertirse en mejores personas. Es nuestro deber.

El director parecía complacido con sí mismo.

– ¿Sabe porque la gente poda sus plantas? – Me preguntó.

Me encogí de hombros.

– ¿Para comer? – pregunté tentativamente.

El director Grunt se rió, con una risa cálida, familiar. Gay.

– No Yewy, no es para comerlas. Es porque cuando cortas las ramas dominantes de una planta le das oportunidad a las ramas débiles de crecer. Con el tiempo, la planta florecerá, producirá flores más hermosas y frutos más grandes.

Asentí.

Pero no estaba seguro a donde quería llegar el director Grunt, empecé a dudar de mi capacidad de raciocinio, de mi cordura. Empecé a dudar de todo:

'¿Qué estaba pensando?'

'¿Por qué demonios tuve que aullar como lobo?'

'¿Por qué tuve que sostener un duelo con el gordo Smith?'

'¿Porqué tenía que ser tan diferente?'

'¿Por qué no podía conformarme, como los demás niños de mi clase?'

Mi duda se mezcló con mi vergüenza. Creó un vórtice de ácido en mi estómago y un ciclón de sangre en mi corazón.

El director Grunt, por el otro lado, sonreía como el gato de Cheshire, la sangre que había desaparecido de mi rostro parecía haber surgido en la suya. Sus cejas finalmente se dividieron en dos entidades distintas.

Continuó.

– Bueno, joven Yew, su personalidad esta dominada por unas cuantas ramas malignas. ¡Vástagos de travesura, de disciplina y de depravación moral! Pero hay también ramas de decencia también. ¡Vástagos de inteligencia, de fraternidad y de seguridad! Debemos disciplinarle.

El director Grunt se detuvo por un breve instante, lo que permitió al maestro O'Donnell hacer eco de sus palabras:

– ¡Necesitamos disciplinarte, muchacho! ¡Claro que si!

El director Grunt se aclaró la garganta. *'Aargh! Gumph!'*

– ¡Pues si, exacto! – continuó. – Necesitamos disciplinarle, pero no queremos hacerlo. No. No somos canallas. No somos malas personas. Piense en nosotros como jardineros. ¡Queremos ayudarle a su desarrollo y que pueda crecer! Pero antes de florecer necesitamos podar algunas de las cualidades malas que están dominando su personalidad. Eso permitirá que sus mejores cualidades germinen. Ayudará a que se convierta en mejor persona.

Las palabras del director me sonaban elegantes, tan refinadas, tan completamente intelectuales.

Pero, en retrospectiva, no puedo evitar pensar en un proverbio de Lao Tzu: '*Las palabras verdaderas no son hermosas, las palabras hermosas no son verdaderas. Las palabras buenas no son persuasivas, las palabras persuasivas no son buenas.*'

Las palabras del director Grunt eran *'hermosas'* y *'persuasivas'*. Me parecían embriagantes. Pero, abrumado por la presencia de esos dos adultos, no podía darme cuenta de que las palabras del director Grunt no eran *'buenas'* ni *'verdaderas'*.

Mis ojos se abrieron de par en par.

Y luego caí en cuenta, me tomo casi un milenio pero caí en la cuenta. Finalmente me di cuenta de porque me sentía tan abandonado.

Ese pequeño fulano ¡El egot!

El egot que siempre me había protegido cuando había estado en problemas, que me había ayudado a sobrellevar castigos y palabras crudas, el que me había hecho sentir siempre invencible. Pero en el tumultuoso furor que me envolvía no había notado su ausencia. Ni si quiera lo había pensado.

El maestro O'Donnell permanecía a mi lado, el director Grunt sentado frente a mi y yo trataba de ver hacia mi interior para encontrar al egot.

Lo encontré de inmediato, sentado con la espalda hacia mi, rascándose su orejas élficas. Parecía sostener un soliloquio, abriendo y cerrando sus labios sin emitir sonido. Se veía confundido, quebrantado, perdido.

Traté de llamar su atención, pero ni siquiera levantó la mirada.

Sacudí mi cabeza, le grité y lo observé. Pero no se movió ni un centímetro. Me ignoró completamente.

Contaba y recontaba sus garras mientras una lágrima plateada rodaba por su mejilla y un cabello caía de su cabeza.

Estaba boquiabierto, atónito. Me sentí totalmente traicionado.

Toqué fondo por primera vez desde que me amonestaron por comportarme como salvaje. Como esa vez, sentí un tipo de ansiedad mortífera que me sacudió de lado a lado y me hizo temblar. Me sentí abandonado, pequeño y vulgar.

Simplemente no comprendía que había pasado. No podía procesar la información que se me había revelado. No podía superar la traición del egot.

El egot estaba sentado ahí, meciéndose. Ajeno a mi, a mis necesidades.

Me había abandonado en el momento en que más lo necesitaba.

Las puntas de mis dedos hormigueaban y mis entrañas se sentían completamente vacías.

– Necesitamos disciplinarle, Yewy – concluyó el director Grunt.

– Necesitas disciplina, muchacho – concordó el maestro O'Donnell

– Bueno, eh, si – continuó el director Grunt. – Repórtese conmigo después del almuerzo para comenzar su castigo.

Incliné la cabeza. No pude reunir las fuerzas para responder.

SEIS

Cambié.

Si se le preguntara al maestro O'Donnell o al director Grunt, probablemente dirían que sus medidas disciplinarias marcaron la diferencia. Pero estarían equivocados.

Como decía Lao Tzu: *'Si no eres digno de confianza, la gente no confiará en ti'*.

Bueno, para mi el egot se había vuelto *'poco fiable'*. No podía *'confiar'* en él. No me sentía capaz de confiar en su consejo. Así que lo ignoré cuando me dijo que me rebelara, que saliera a jugar con los otros niños en vez de volver a ver al director. Fui a ver al director Grunt tan pronto como terminé mi almuerzo.

El director Grunt me sentó en la recepción de la escuela y me dijo que escribiera cincuenta veces la siguiente frase:

"Mi lado bueno dominará mi lado malo. Mis ángeles derrotarán a mis demonios. Mi luz alumbrará mi oscuridad".

El egot se balanceaba entre mis pares craneales, cual Tarzán salvaje que reinaba libremente sobre la selva de mi mente. Se soltó, voló a través del espacio vacío y aterrizó con un *"Oomph"*. Su piel roja relucía de sudor y su cabello amarillo colgaba con un magnetismo animal desaliñado.

Me sonrío, con una sonrisa tan inocente, seductora e hipnótica.

El egot se levantó su tapa plana, dobló su rodilla y me guiñó de un modo que hizo que su ojo destellara. Me hizo sentir feliz y contento. Era tan seductor, todavía gozaba de dominio en mis emociones.

– Realmente no quieres escribir esa frase, – me dijo en su voz tranquila, meditando en la letra 'n' de la palabra 'no' como un melancólico cantante de ópera. – Creo que quieres declinar la petición del director Grunt. No quieres parecer débil. No, no.

Me quedé callado.

– Si cedes ahora tendras que soportar meses de castigos. Lo más seguro es que estarás mejor si te defendieras.

Su voz melódica me mecía en un trance embriagador, su encanto tóxico me hipnotizaba, estaba a punto de aceptar su consejo.

– Umm, la cosa es... yo umm, yo umm...– tartamudeé.

Pero entonces recordé las palabras del director: "No queremos disciplinare. No, queremos ayudarle a desarrollarse y crecer."

El director Grunt me miraba a los ojos, tenía la mirada de un dictador benévolo, como una cruza de Santa Claus y el rey Arturo.

– Vamos a ayudarle a ser mejor. – Insistió.

Asentí. Mi cabeza estaba agachada y mis ojos fijos en el suelo. Tomé la pluma y comencé a escribir.

Lo hice por razones egoístas, para evitar castigos futuros. Pero lo hice por también por una razón desinteresada, para complacer al director Grunt. Aunque me estuviera lastimando, aun quería hacerlo feliz. Esa necesidad altruista corría profundamente dentro de mí.

De cualquier modo, tan pronto como el director Grunt me dio la espalda, el egot resurgió.

– No quieres escribir esa frase. – me dijo. – Si fueras honesto contigo mismo lo sabrías.

Continúe escribiendo la frase.

El egot resopló los labios.

– Si vas a seguir escribiendo, – continuó. – Podrías escribir una frase diferente, solo para mostrar un poco de carácter, para defenderte aunque sea de modo pequeño. Podrías escribir: 'Mis vástagos no serán cortados, mis manos no serán atadas.' Si lo quisieras. Si, si.

Lo ignoré. Ignoré al vago ese, como él me ignoró cuando más lo necesitaba.

Comprenda por favor, querido lector, que no estoy insinuando que fuera fácil. ¡Claro que no! En el fondo sabía que el egot tenía razón. No quería repetir esa frase, quería salir de ese lugar, quería jugar afuera con mis amigos.

Pero mi mundo se había derrumbado. El egot me había metido en serios problemas ¡y luego me había abandonado! ¡Tenía que escribir esa frase por la culpa de ese charlatán! Así que no iba a escucharlo de nuevo.

Por supuesto, aun había razones para escuchar al egot; las subidas me esperaban, la euforia que sentí la primera vez que lo escuché fue como un nirvana enviado de los cielos. Era emancipador, esclarecedor. Dicha.

Y había experimentado ese tipo de subidas varias veces desde entonces, solo que no tan intensamente. Escuchar al egot no me había hecho sentir tan bien como la primera vez, la euforia no había vuelto a ser tan embriagadora, la liberación nunca llegó a ser tan profunda.

Al mismo tiempo, los bajones iban empeorando. Me estaban castigando con mas regularidad que antes y esos castigos me dejaban decaído.

Pues eran esos bajones y no las subidas los protagonistas en la arena de mis pensamientos. La balanza se había inclinado.

Una bandera blanca revoloteaba en la aburrida brisa. Una pluma estaba en mi mano y con ella llenaba la hoja en blanco con las frases de mi rendición.

SIETE

El egot tenía razón en una cosa. Mi decisión de escribir esas frases le dio una ventaja al director Grunt. Su seguridad creció al mismo tiempo que la mía disminuyó. Los castigos llegaron raudos y constantes...

Debía quedarme adentro y llenar planas de frases, todos los días después del almuerzo. Y, querido lector, algunas de esas frases eran francamente extrañas. He aquí algunos ejemplos:

"No interrumpiré la clase a menos de que esté vomitando, sangrando o ardiendo en llamas."

"Los buenos chicos no se comen sus zapatos, se rellenan los pantalones de abono o pegan su comida a la mesa."

"Los estudiantes no deben participar en lamprofonía. Deben ser pauciloquentes."

Escribir esas frases no estaba tan mal, per se, pero me molestaba perderme el recreo. Necesitaba aire fresco y necesitaba socializar. Pero estaba atrapado, solo, en la desalmada recepción de la escuela. Aquel espacio vacío y estéril donde el aire siempre estaba húmedo y el silencio era siempre altanero.

El egot siempre me alentaba portarme mal. Un día, por ejemplo, me sugirió que soltara al ratón del salón:

– Quiere ser libre, como tú, – insistió mientras se remolineaba en mi lóbulo parietal. – Tal vez deberías dejarlo correr en el pasillo. Déjalo, irse a la deriva. Haz lo que realmente quieres hacer. Si, si.

En otra ocasión, mientras sudaba en esa caja sin ventilación que llamaban salón, el egot sugirió que huyera y saltara en el lago. Y en una tercera ocasión, sugirió que lamiera la pared (Bueno, estaba pensando precisamente sobre que sabor podría tener).

El egot sugería que me defendiera, que me portara mal y me rebelara cada vez que me tenía que hacer planas. Una y otra vez lo ignoré.

Lo ignoré cuando el director Grunt me dijo que de ahora en adelante pasaría mis recreos recogiendo basura. Aunque, a decir verdad, realmente me gustó ese 'castigo', me permitía estar afuera y tener algo en que enfocarme.

También ignoré al egot cuando me obligaron a correr alrededor del campo de futbol en vez de tomar las clase de educación física, y lo ignoré cuando me hicieron perder un viaje de campo. Cumplí con cada castigo que se me dio.

Y los castigos no ocurrían solo en la escuela. Verán, mis padres eran un poco anticuados. Les importaba más ser buenos padres en el sentido general que ser buenos padres para mi. Querían parecer normales, respetables y responsables. Pero no estaban preparados para reconocer mis necesidades individuales.

Y así, dado mi comportamiento, hicieron lo que la sociedad les requirió; se negaron a defenderme, a protegerme de la ira de mis maestros. ¡Ni una sola vez! ¡Ellos conspiraban con mis maestros! Apoyaron a la escuela en todos los aspectos. Querido lector, ¡se volvieron contra mí! ¡Me castigaban ellos mismos!

Cuando llegaba a la casa, mis padres me enviaban a mi cuarto, debía quedarme ahí solo, durante semanas. Fue aburrido, no tenía ni radio ni televisor, no había absolutamente nada que hacer.

Solo me daban comida aburrida, ¡no había helado o chocolate para el bien Yew!

Mi papá me nalgueaba cada vez que le desobedecía. '¡Bang! ¡Bang! ¡Bang!' Sus ojos con un fulgor rojizo. Mi trasero adolorido de manera crónica.

Y mi mamá me lavaba la boca con jabón cada vez que maldecía.

– Necesitas ser buen niño, – me decía. – No hagas nada que no haría yo.

Creo que esos castigo hacían a mi mamá sentir incómoda. Sus ojos sinceros y amorosos se veían angustiados cada vez que me castigaba, como si estuviera experimentando dolor. Pero mi papá parecía disfrutarlo, su barbilla sobresalía cuando era su turno, sus cejas brincaban de alegría.

El abandono de mis padres empezó a molestarme, abrió un desolado cráter en mi interior. Me sentía como un grano de arena, lanzado por un océano omnipotente en direcciones aleatorias; con una pluma en la brisa matutina. Me sentía tan decaído que me vi tentado a escuchar al egot.

– Solo sal de tu cuarto, – a menudo sugería. – ¿Qué van a hacer tus padres? ¡No hay nada que puedan hacer! ¡No tendrán poder alguno si retomas el poder sobre tí mismo. No, no.

Pero nunca lo escuche.

Sus palabras estaban contaminadas, su atractivo era poderoso, su contenido era verdad. Pero estaban cargadas con imágenes de mi caída. Cuando el egot hablaba, recordaba los castigos que sufrí por seguir su consejo, me vi llenando planas de frases, recogiendo basura y sentado solo en una habitación.

El empuje de esos castigos dominaban el atractivo del egot.

Y así caminé a través de esos días oscuros, con la cabeza agachada y la cola entre las patas. Puse a tierra los engranajes, hice todo lo que se esperaba de mí, cuando se esperaba de mí, incluso cuando no quería. Dije 'por favor' y 'gracias'. Solo hablaba cuando me dirigían la palabra.

Pero lo sobrellevé, sobreviví. Porque, como me negaba a mí mismo, otras personas comenzaron a aceptarme. Entre més me traicionaban mis acciones, más recibia el abrigo de la gente. En ese loco mundo donde se hace todo, mi conformidad era una causa de celebración, y eso me animaba. Me gustaba hacer feliz a las personas, ¡de verdad quería hacerlos dichosos! Ese impulso altruista me motivaba.

Sabía que agradaba a la gente porque me lo hacían saber, como cuando el director Grunt me dió unas palmaditas en la espalda después de llenar planas de frases por tres meses.

– Sabía que íbamos a hacer un ciudadano respetable de usted, – cantó con alegría y gratificación de si mismo. – ¿Acaso no se siente como si el mundo fuera un mejor lugar?

Realmente no, pero apreciaba la energía positiva del director Grunt. Me hacía sentir orgulloso, mi cuerpo se llenaba de una cómoda calidez y los dedos de mis pies hormigueaban.

También aprecié las generosas palabras de mis padres:

– Estamos muy orgullosos de ti, – me dijeron cuando pasaron otros tres meses. Me llevaron al boliche. Mi mama frotaba mi pierna y mi papa asentía (a él no le agradaba el contacto físico).

Disfruté mucho esa salida y disfruté otras recompensas que recibí cuando me comportaba. El helado, los mangos y los chocolates; los zapatos de futbol, los juegos de computadora y las películas.

Cuando pasó todo un mes sin que me metiera en problemas, mi mamá me llevó a un recreativo acuático donde había remolinos, resbaladillas ¡y jacuzzis!

– Eres tan buen chico, – me dijo. – Mereces divertirte un rato.

Cuando me golpearon en el tren y no me defendí, mi abuela me compró goma de mascar. Y cuando tuve diez aciertos de diez en un examen, el maestro O'Donnell me dió una estrella dorada. ¡Una estrella dorada genuina! ¡Al igual que todos los buenos chicos y chicas!

Ese tipo de trato especial me levantaba el ánimo, me motivaba a portarme bien. No porque quisiera portarme bien, por favor comprendan, solamente me interesaban las recompensas. Me gustaban y me gustaba hacer feliz a la gente.

Para mí era como tener un trabajo; hacía cosas que no quería hacer para poder recibir un pago. Supongo que podría decirse que era un peón, trabajando a los deseos de la sociedad.

Finalmente estaba empezando a encajar...

OCHO

No lo sabía en ese entonces, pero mis padres y maestros estaban usando un proceso que los psicólogos llaman "Condicionamiento operacional". Dudo que supieran que estaban usando ese procedimiento, dudo que supieran de que se trataba, pero lo estaban usando definitivamente.

El condicionamiento operacional esta basado en el concepto de Edward Thorndike, la "Ley del Efecto", que establece que las acciones que son seguidas por consecuencias agradables tienen más probabilidades de repetirse, mientras que las acciones seguidas por consecuencias desagradables tienen menos probabilidades de repetirse.

Es sentido común ¿cierto?

Bueno, el condicionamiento operacional tiene lugar cuando alguien usa esa ley natural para alterar el comportamiento de otro ser; al crear las consecuencias agradables (tales como recompensas) para fomentar las maneras de comportamiento deseadas, o al crear consecuencias desagradables (como los castigos) para desalentar las formas no deseadas de comportamiento.

Uno de los primeros psicólogos en probar que este condicionamiento operacional podía funcionar fue Burrhus Skinner. Realizó un experimento en el que una rata hambrienta es colocada dentro de una caja. Cuando empujaba una palanca, se le daba un premio que le llegaba a través de un tubo plástico.

Al principio, las ratas de Skinner actuaban de manera errática. En algún momento todas empujaron la palanca por accidente, con lo que recibieron un premio y pronto se dieron cuenta de que podían recibir más premios al empujar la palanca más veces. Así que la empujaron una y otra vez.

El condicionamiento operacional había convertido a esas ratas en empujadores de palancas. Esta forma de condicionamiento operacional es llamada "refuerzo positivo".

Entonces Skinner adaptó el experimento. Esta vez, las ratas fueron sometidas a una corriente eléctrica que corría a través del piso. Las ratas pronto aprendieron a empujar la palanca para detener la corriente.

Luego Skinner introdujo una luz, que prendía justo antes del paso de la corriente. Con el tiempo, las ratas aprendieron a empujar la palanca tan pronto como la luz se encendía, para evitar la carga eléctrica. Aun cuando ya no había choques eléctricos, las ratas seguían empujando la palanca cuando veían la luz.

Esta forma de condicionamiento operacional es denominada "refuerzo negativo".

Bueno, esta asociación de castigos y recompensas, sobornos y amenazas, pueden usarse para afectar el comportamiento humano también. Esto fue demostrado en "El experimento del pequeño Albert".

En ese experimento, dos psicólogos le mostraron al pequeño Albert unas máscaras; un mono, un conejo y una rata. No se que tienen estos psicólogos con las ratas, creo que tienen una fijación con esas condenadas criaturas. Continuando, el pequeño Albert estuvo bien con todo lo que le mostraban, no tuvo reacción alguna. Luego los psicólogos golpearon una barra de metal con un martillo, el pequeño Albert rompió en llanto, el ruido lo había aterrorizado.

Cuando el pequeño Albert cumplió los once meses, los psicólogos le mostraron la rata de nuevo, al mismo tiempo que golpearon la barra de acero. El pequeño Albert se echó a llorar, estaba aterrado por el ruido y se echó a llorar cada vez que este proceso se repitió, una vez por semana, por siete semanas.

Al final, Albert asoció el ruido terrible con la rata, y así le tuvo miedo a la rata en sí. Lloraba y trataba de escapar cada vez que se le mostraba, aun cuando el ruido el acero ya no sonaba. Y actuaba de la misma manera cuando veía cosas que le recordaban a la rata; cosas como el perro de la familia, un abrigo de piel, algodón o una barba falsa de Papa Noel.

Bueno, pues es exactamente lo que me paso a mi.

Mis padres y maestros me castigaron cada vez que me portaba mal, lo que me animó a no portarme mal, fue un caso de refuerzo negativo. Y mis padres me recompensaban cuando me portaba bien, lo que me estimulaba a comportarme, en el caso de refuerzo positivo.

– Sé buen chico, – mi mamá me decía. – ¡No hagas nada que no haría yo!

Y yo la escuché, pero nunca me hizo feliz. Dentro de mí nunca quise ser un buen chico, solo quería la recompensa que venía cuando me portaba bien. Aun quería hacer el tipo de cosas que "no haría" mi mamá, pero no las hacía porque tenía miedo al castigo. Si, me conformé, pero así como Albert con las ratas, no creo que haya sido nunca feliz.

Es decir, piénsenlo. Skinner logró que las ratas se comportaran exactamente como el quería, las convirtió en buenas empuja-palancas. Pero, ¿creen que las ratas estaban felices? ¿Realmente felices? ¿Creen que les gustaba ser electrocutadas? Quiero decir, ¿A quien le agrada que lo electrocuten? ¿Creen que esas ratas hubieran preferido ser libres de huir por las alcantarillas, para hacer cosas de su especie como comer queso o ruñir cables?

¿Y que hay del pequeño Albert? ¿Creen que quería estar aterrorizado de todo lo que fuera remotamente parecido a una rata? El actuaba exactamente como los psicólogos esperaban, pero dudo que fuera feliz.

Bueno, pues yo estaba igual, no era feliz. ¿Cómo podía serlo? Vivía en un estado constante de terror.

Cada vez que quería hacer alguna travesura, cuando el egot me convencía de portarme mal, inmediatamente pensaba en los dolorosos castigos que tendría que soportar.

Mis acciones estaban dictadas por el miedo...

Cuando quería quitarme la ropa y correr desnudo, porque estaba haciendo mucho calor, me veía en la recepción de la escuela, haciendo planas de frases que continuaban sin parar. Al final, solo me quitaba el suéter y me dejaba el resto de la ropa.

Cuando quería tirar mi cena al piso porque era la cosa más asquerosa que había probado en mi vida, me imaginaba a mí mismo encerrado en mi cuarto, completamente aburrido, así que me comía la miserable comida.

Cuando quería esconderle su equipo de educación física a la dormilona Sampson, para poder verla tomar la clase en ropa interior, no podía evitar ver a mi papá nalgueándome, una y otra vez. ¡Bang! ¡Bang! ¡Bang! De solo pensarlo sentía dolor físico en mi trasero. Así que, al final, dejaba el equipo de la dormilona Sampson donde estaba.

Mis acciones estaban dictadas por el miedo, tal como le paso al pequeño Albert.

Él escuchaba el sonido aterrador cada vez que veía a la rata y asoció el sonido con la rata, le tuvo miedo a la rata en sí.

Del mismo modo, como me castigaban cada vez que me portaba mal, yo asocié portarme mal con castigos, así que le tuve miedo a portarme mal. Dentro de mí, aun quería portarme mal, el egot aun me animaba, pero eso no entraba en la ecuación.

Mi buen comportamiento hacía a otra gente feliz, yo me estaba convirtiendo en la persona que ellos querían que fuera. Pero dudo que me haya hecho feliz a mé, no creo que alguien pueda ser feliz mientras se le obliga a actual de una manera que no le es natural.

Lao Tzu dice: *'Cuando dejo ir lo que soy, me convierto en lo que hubiera podría ser'*.

Bueno, ciertamente estaba dejando ir. Me estaba convirtiendo en lo que *'podría'* ser, pero me estaba destrozando por dentro. Porque no quería ser lo que *'podría'* ser. Yo quería ser yo.

NUEVE

No fueron solo los refuerzos positivos y negativos, los castigos y las recompensas, lo que me mantuvo por el camino recto en aquel entonces. Tenía una responsabilidad muy importante que también me ayudó a andar derecho. Verá, querido lector, yo era el vigilante del armario de la clase. ¡Y estaba increíblemente orgulloso de llevar tan alto rango! Es bien sabido que tener responsabilidades es bueno para la confianza en sí mismo.

El armario de la clase medía tres metros de ancho y tenía dos estantes altos. Estaba hecho de cartón, protegido por una delgada capa de plástico beige; tenía seis puertas, dieciocho bisagras y ciento veintitrés tornillos. Si, los conté uno por uno, dos veces.

Ese armario era un desastre cuando acepté el puesto. Las plumas estaban revueltas con los lápices, las envases de pintura estaban cubiertos de polvo y los cuadernos de ejercicios estaban mal acomodados.

¡Me puse manos a la obra!

Para cuando había terminado todo estaba limpio y en orden. Todo tenía su lugar; los marcadores de punta suave estaban acomodados por color, los lápices estaba alineados del más pequeño al más grande, incluso le puse pequeñas etiquetas en los estantes para marcar el lugar de cada artículo.

Creo que debo haber padecido "*trastorno obsesivo compulsivo*".

Me sentía muy orgulloso de ese armario, le dio a mi mente algo en que enfocarse y mi trabajo estaba siendo valorado.

– ¡Ahí esta mi pequeño teniente! – solía decir nuestra maestra, la señorita Grey. Me alborotaba suavemente el cabello para mostrar que estaba contenta conmigo y solía sonreírme de manera mitad orgullosa y mitad seductora.

Era una persona tan dulce, la maestra Grey. Tenía unos pequeños hoyuelos que vibraban cuando estaba contenta. Siempre llevaba vestidos veraniegos que ile brindaban luz a la habitación, cubiertos con flores coloridas, hermosas mariposas y patrones retro.

El director Grunt también tuvo comentarios sobre mi trabajo.

– Eres el mejor vigilante de armario que esta escuela haya tenido jamás. –Me dijo un día.

Me ruboricé de orgullo, mi piel hormigueo y mis dientes se sentían efervescentes.

Por primera vez en mi vida estaba haciendo algo que era agradable y valorado. Estaba empezando a integrarme.

Me gustaba la responsabilidad. Siempre me rebelaba cuando me sentía perdido, preso o débil. Quería autonomía, quería tener poder sobre mis actos y ese puesto me dio una especie de autoridad. Podía mantener el armario a *mi manera*, como a mí me pareciera adecuado. Mi puesto me dio esa responsabilidad, me dio participación en la sociedad y me parecía muy gratificante.

No dejaba a nadie meterse con mi armario, lo protegía cual hermano mayor. Estaba a la defensiva y orgulloso, ¡tan orgulloso!

Pero tal como dice Lao Tzu: "El orgullo provoca la propia caída."

Y así fue, mi 'orgullo' me llevó a mi 'caída'.

Todo empezó cuando la mocosa McGill puso las tijeras en el lugar equivocado. Eso, querido lector, ¡puso al egot en marcha!

Verá usted, el egot había permanecido como personaje recurrente en el paisaje de mi consciencia. Todavía se sentía en casa, recostado en mis nervios carnosos y balanceándose entre mis lóbulos cerebrales, sin hablar tanto. Había perdido un poco de su aura, ahora era una persona *non grata,* sometido por mi voluntad de resistir.

El egot me miró fijamente.

Sería un error decir que tenía ojos enternecedores, era demasiado sosegado para eso. Pero había un elemento de desesperación en el modo en el que me observaba, no dobló su rodilla del modo usual, sino que permaneció completamente erecto. Su voz era tibia, le tomó un gran esfuerzo poder abrir su boca que no tenía ni fuerza para activar las cuerdas bucales.

– ¿Yew? – susurró. – ¿Yew?

El egot puso un dedo al aire y espero por mi permiso para hablar. Accedí.

– Eso no te agradó, ¿verdad?.

Asentí de nuevo.

– Ellos no deberían de meterse con tu sistema ¿cierto?

Negué con mi cabeza.

– Bueno, entonces sería una buena idea jalarle el cabello a la mocosa McGill. Ella debe entender que se portó mal. *A ti* te castigaban cuando te portabas mal, así que ella debería sufrir las mismas consecuencias. Es lo justo.

Le jalé el cabello a la mocosa McGill, lo hice sin siquiera pensarlo. Y me arrepentí inmediatamente, ¡incluso mientras lo estaba haciendo!

– Aaaaaaaaayyyy – gritó la mocosa McGill.

Fue un grito ensordecedor, tan agudo como una navaja y tan chillante como un chimpancé. Me atravesó como un cuchillo en mantequilla.

La seriedad de mi situación me cayó de peso.

Me tomó un momento entender lo que acababa de hacer y luego

todo se esclareció. ¡Había escuchado al egot! Ni siquiera me di cuenta de que lo había hecho. El egot sugirió que le jalara el cabello y se lo jalé. ¡Así nada más! Ni siquiera lo pensé, solo lo hice, ahí mismo, cuando me lo dijo, sin más.

¡Y yo pensando que había logrado callarlo! ¡Que tonto fuí!

La sangre se me congeló en los músculos que pronto se endurecieron cual piedras. Ese grito dividió el aire en dos.

El rostro de la maestra Grey era la imagen de la decepción, con mejillas en art nouveau y ojos minimalistas. Sus hoyuelos, que una vez vibraron de felicidad, se endurecieron y luego desaparecieron. Las flores de su vestido veraniego parecieron marchitarse y morir.

– Lo siento, maestra. – lloriqueé. – No quise hacerlo.

– Entonces ¿por qué lo hiciste? – respondió.

– Dile la verdad, – sugirió el egot. Parecía estar mas cómodo de lo que había estado antes, había recuperado algo de su viejo donaire. El brillo de sus ojos había regresado. – Dile lo que hizo la mocosa McGill.

– ¡Cállate! – respondí dentro de mi cabeza.

– Soy un niño malcriado, señorita. – respondí en voz alta. – Soy un niño mal portado, merezco que me castigue.

La maestra Grey me miró a los ojos. ¡Se veía tan hermosa! Había un fuego en ella que le ruborizaba la cara, pero a su vez había también suavidad. La ví derretirse frente a mí, sus hoyuelos resurgieron.

– ¿De verdad quieres que te castigue? – me preguntó.

– Si, señorita. – contesté. – De verdad quiero que me castigue. Quiero un castigo tan severo que nunca me vuelva a pasar por la mente comportarme de este modo. Soy un mal niño y necesito que me de una lección.

Pude escuchar el corazón del egot quebrarse.

¡Crack!

El egot se llevó las manos al pecho y se doblegó. Se ahogaba, su cabello dorado se volvió de un tono pálido de gris.

Sentí su dolor, como si una pequeña parte de mi estuviera sufriendo también. Mi pecho se sentía tenso y mi garganta se cerró por completo. Una descarga eléctrica me atravesó.

La maestra Grey soltó una risita, sus hoyuelos empezaron a vibrar.

– Muy bien, – me dijo. – Te diré lo que vamos a hacer; tu vas a administrar tu propio castigo. Vas a escribir "Le jalo el cabello a las niñas" en este pedazo de cartón y vas a usar este pedazo de cuerda para colgártelo en el cuello. Lo puedes usar como un signo de remordimiento por el tiempo que creas apropiado. ¿Suena bien, mi pequeño teniente?

Estuve de acuerdo. Me colgué el letrero en el cuello y lo lleve por cuatro semanas completas. Al final, la maestra Grey tuvo que quitármelo, dijo que ya me había castigado bastante a mí mismo.

DIEZ

El egot lloriquó cada uno de los días que porté el letrero. Se abrazaba las costillas cada vez que ignoraba su consejo. Su piel, que una vez fue roja como fuego infernal, adquirió un matiz opaco y polvoriento. Su cabello ahora era gris pálido.

Eso no significa que hubiera dejado de escuchar al egot. Como la historia anterior, hubo ocasiones en que seguí su consejo instintivamente, pero eran ocasiones esporádicas. Ocurrían cada cierto tiempo, pero llegaron a ocurrir.

Escuché al egot cuando sugirió que le pasara una carta de amor a Stacey Fairclough. Le escribí "Amo tu cabello, es muy hermoso". No pensé en lo que estaba haciendo, solo lo hice. Primeramente, porque era algo que realmente quería hacer. En segundo lugar, porque era verdad, su cabello le brindaba elegancia. La niña empezaba a florecer.

El egot resplandecía. Su piel brillo por primera vez en semanas y algunos de sus mechones recuperaron su lustre dorado. Pero cuando la maestra Grey me quito mis deberes de vigilante, como castigo por perturbar a la clase, y cuando acepté el castigo sin quejarme, el egot retrocedió aun más. Empezó a caminar jorobado y a pelechar.

Durante una lección particularmente estresante, en la que nuestra clase tuvo que recitar las tablas de multiplicar en voz alta, grité "¡Popó! ¡Orina! ¡Vómito!" por todo lo alto. El egot había cruzado las piernas, encendido su pipa y sugirió hacerlo. Y lo hice, así nada más, sin pensarlo. Aunque supongo que quería liberar un poco de tensión.

El egot inmediatamente recuperó un poco de su fuerza. Sus orejas élficas se levantaron y sus ojos resplandecieron por primera vez en mas de seis meses.

Pero la maestra Grey no reaccionó de manera tan positiva. Sus hoyuelos desaparecieron por completo, su vestido veraniego colgaba lánguidamente de sus estrechos hombros. Me hizo sentarme en silencio por tres horas. ¡Tres horas!

Mi mama también se sorprendió cuando se enteró de lo que había hecho. Su cara se tornó ceniza y demacrada. El amor se desvaneció de sus ojos y empezó a murmurar.

– ¿Por qué no puedes ser un buen niño? ¿Por qué insistes en hacer cosas que no haría yo? ¿Por qué, por qué, por qué?

Me impidió ver televisión durante una semana. Tiró mi disco favorito a la basura y canceló nuestra visita al cine del mes.

Acepté todos los castigos. Con eso el egot se marchitó, sus mejillas terminaron pareciendo dos pasas rancias, su vientre esférico comenzaba a colgar, sus garras comenzaron a caer y su cuerpo se encogió.

Luego en otra ocasión la maestra Grey le ayudó a Gavin con su trabajo. Se inclinó sobre nosotros de tal modo que su vestido veraniego cayó en el escritorio frente a mí.

No lo pude resistir, no me pude contener. ¡No pude evitar escuchar al egot!

A sugerencia suya, impertinentemente levanté mi mano y toqué el delicado algodón. Lo acaricié. Lo sostuve ante mis ojos y observe a la imagen de la mariposa monarca. Incluso vislumbré el muslo de la maestra Grey.

Y, debo admitirlo, se sentía bastante épico. Mi cuerpo completo se lleno de una sórdida felicidad, mi corazón latía con regocijo incontrolable. Sentí que crecí algo así como tres pulgadas.

El egot también creció en seguridad y tamaño, sonreía con jubilo incontenible.

Pero la maestra Grey empezó a gritar.

– ¡Insurrección! ¡Motín! ¡Ubíquese, Teniente Shodkin!

Su mirada de shock y terror me estrellaron contra la tierra con un golpe devastador. Al ver su cuello torcido y su boca hinchada me di cuenta de lo que había hecho y no lo podía creer. No podía creer que había escuchado al egot.

Después de eso, me obligaron a usar guantes de cocina por dos semanas. Estaban calientes y sudados. Eran ásperos y me daban comezón, ¡apestaban sobremanera! Pero aunque no me agradaba, nunca me quejé. Consideraba genuinamente que merecía el castigo.

Así que el egot se puso más frágil; se le cayeron los dientes, su piel se volvió blanca y su cuerpo se encogió a la mitad de su tamaño original.

El egot sufría cada vez que aceptaba un castigo, lo que fue ocurriendo cada vez mas a menudo. Porque durante los meses siguientes fui castigado cuando algo salía mal. Lo que fuera.

Me castigaron cuando los resultados de mi clase salieron bajos, aun cuando mis resultados fueron por encima del promedio. Me castigaron por los sanitarios tapados, aunque ¡yo no los había tapado, lo juro por Dios! No sabia quien había sido el responsable, pero estaba seguro que no fui yo.

Y me castigaron por volcar un bote de pintura. Fue un accidente. ¡Un accidente, se los dije! Pero de cualquier modo fui castigado.

Mis maestros se encontraban con la configuración predeterminada de "Algo salió mal, hay que culpar a Yew Shodkin".

Era culpable hasta que no comprobar mi inocencia y nunca tuve un juicio justo. Mis maestros eran mis jueces, jurados y verdugos. Yo me arrodillaba y ellos me ejecutaban.

Yo lo aceptaba.

El egot se retorcía de dolor.

ONCE

El egot se hizo más pequeño, frágil, débil y dócil. Sus pies perdieron su membrana interdigital y sus orejas élficas se ablandaron. Su gorra plana empezó a deshilacharse y su encanto a desvanecerse.

Se volvió tan patético que finalmente pude ponerle un alto definitivo.

Ocurrió en uno de esos días confusos donde el tiempo no sabe si viene o va; intercambiando horizontes opulentos por extendidas nieblas, trashojando entre regocijantes rayos de luz y nubes furiosas.

La señora Skellet, nuestra maestra de ese año, estaba parloteando sobre alguna guerra cruel de la antigua Grecia, los pliegues de grasa que circulaban su cintura luchaban contra el botón superior de su falda. Su perfume estaba perdiendo la pelea contra el olor fétido de su cuerpo. Olía a sopa de castañas recocida.

Estaba distraído.

No tenia interés en las historias sobre batallas sangrientas o caballos troyanos. Así que mis ojos empezaron a deambular. Observe a los alumnos de uno en uno y creaba hipótesis sobre que preferirían estar haciendo en estos momentos.

La mocosa McGill estaba enfrascada en la lección, sus ojos penetrantes permanecían inmóviles viendo los labios esponjosos de la maestra. Me la imaginé como una pirata, balanceándose desde el mástil de un barco, librando una guerra como uno de los luchadores de las historias que nos estaban relatando.

Stacey Fairclough retorcía un mechón de cabello, acicalándose como un pavo real pretencioso. Así que la imaginé como una supermodelo, deslizándose por una pasarela mientras cientos de cámaras centelleaban a su alrededor.

El gordo Smith hacía malabares con sus gordos pectorales. Parecía un domador de leones, pavoneando el trasero mientras sostenía un aro al final del brazo, mientras le brindaba al león un guiño descarado y este en respuesta brincaba cruzandolo.

La dormilona Sampson estaba dormida.

Seguí escudriñando la habitación hasta que vi de repente y con asombro que algo se movía bajo uno de los estantes. Observé la estructura esquelética, con mis ojos bien fijos. Pero nada pasó.

El tiempo parecía haberse detenido, y de repente, en un abrir y cerrar de ojos, el ratón de la clase salió disparado a toda velocidad. ¡Se había liberado!

– ¡Urra! – el egot celebró, mientras se sujetaba las costillas con dolor. –¡Libertad! Si, si.

El ratón se escabulló por el rodapié.

El egot trató de brincar de alegría. No tenía fuerza para tomar aire, pero su rostro de iluminó. El indicio de una sonrisa se formó en sus mejillas curtidas y un triste brillo de esperanza apareció en sus desolados ojos. En *mis* desolados ojos.

El ratón corría en dirección a una puerta cerrada.

– ¡Déjalo salir! – el egot me animó. Resolló, se asqueó, se restableció y continuó. –¡Abre la puerta! ¡Sabes que quieres ayudarlo a escapar! ¡Creo que lo deseas! Si, si.

¿Y saben qué? ¡Estuve apunto de hacerlo! Mi pecho dio un salto al frente ¡Me levanté de mi silla!

Pero Lao Tzu dice: “Las recompensas siguen al bien y al mal, así como las sombras siguen a la sustancia”.

Bueno, la ‘sustancia’ de la influencia del egot, que me había empujado hacia enfrente, fue seguida por la 'sombra' de mi auto control, que me reprimió. A cada acción siempre se opone una reacción igual. Mis costillas bloquearon mi ímpetu de afuera a mis entrañas. Mis rodillas se trabaron y mis hombros se desplomaron. Pero por otro lado mi columna vertebral retrocedió y mis pies volaron hacia delante, mi cuerpo se había elevado en vuelo por la ligereza del aire y caí en mi propio trasero que se estrelló contra la dureza del suelo.

Todos en mi clase se burlaron de mí. ¡De mí! No se reían conmigo, de eso estaba seguro.

Estaba tan avergonzado, mi cara se volvió completamente roja.

El egot no solo tenía el rostro ruborizado, ¡estaba completamente rojo! Estaba envuelto en una bola de fuego sin humo. Resplandeció, gritó y se derrumbó en el suelo de mi lóbulo occipital, donde cayó en un montón de sus propias cenizas.

Me miró con absoluta desesperación, yo lo mire con profundo desprecio.

– Lo siento, – le dije a la maestra Skellet.

Me sacudí el polvo y regresé a mi lugar.

– El ratón de la clase escapó, – continúe. – Necesitamos atraparlo y ponerlo de nuevo en la jaula.

DOCE

El egot raramente habló después de eso, parecía ya no tener fuerzas.

Parecía una víctima de quemaduras, aunque supongo que si lo era. Vivía como un anciano en un asilo, casi no se movía. Pasaba la mayor parte del tiempo bañándose en una alberca de mi líquido cefalorraquídeo, tan delgado que se podía ver su esqueleto. Pero sus ojos seguían siendo idénticos a los míos.

Creo que todavía intentaba influenciarme, pero su pequeña voz se había vuelto tan callada que apenas podía escucharla. Mi mente estaba clara, y deje de portarme mal. Finalmente me convertí en un buen niño, un miembro respetable de la sociedad de mi clase. ¡Escribía dentro de los renglones y todo!

No hablaba a menos de se dirigieran a mí, nunca luché o jugué durante la clase, no le pegué chicles a nadie. ¡Nunca! ¡Ni una sola vez!

Participé en el 'Club de las tareas', me uní al coro escolar y fui a las pruebas para unirme al equipo de futbol (aunque no lo logré).

Siempre llevaba mi camisa fajada, mi cuello bien acomodado y las agujetas de mis zapatos atadas. Trataba de mantener mis pantalones limpios (con poco éxito).

Me postulé para ser prefecto de la clase (quedé en tercer lugar).

Pero mis calificaciones mejoraron, era el segundo mejor en mi clase de ciencias, quedé en tercer lugar en una carrera de huevos en cucharas ¡y estuve en el equipo ganador cuando mi clase tuvo un concurso de hornear!

Mi conformidad le devolvió la vida a mi pobre madre, cuando me dejaba en la escuela me abrazaba, me daba un beso y me decía:

– Sé buen chico. ¡No hagas nada que no haría yo!

Sus ojos parecían sinceros, tan honestos, tan amorosos.

Pero había un cambio en su comportamiento, algo indescriptible. Parecía esperanza, algo así como fé. Era como si realmente creyera lo que me decía, como si fuera posible que yo fuera un 'buen chico', como si no fuera 'hacer nada que no hiciera ella'.

Si usted considera mi transformación como algo inverosímil, querido lector, y si le parece poco realista, por favor tenga en cuenta que tengo lo que los psicólogos llaman una personalidad 'de todo o nada'. Funciono en un proceso llamado 'fraccionamiento'.

Puedo comerme un paquete completo de chocolates o puedo abstenerme de comerlos por completo, pero no puedo solo tomar uno y cerrar el paquete. No puedo moderarme.

En el caso de mi buen comportamiento, si me decidía a hacerlo, tenía que ser por completo. Debía obedecer todas y cada una de las reglas, sin importar las circunstancias. E iba a menospreciar a cualquiera que no hiciera lo mismo.

Permítame darle algunos ejemplos de este tipo de comportamiento...

Cuando cumplí diez años, a mi clase se le indicó que hiciera una fila afuera mientras nuestra maestra iba a buscar a un colega. Empezó a llover, así que todos los chicos corrieron al salón, pero yo obedecí las órdenes, ¡Me quede en la lluvia!

Empecé a temblar, me resfrié. Todos mis compañeros pensaban que estaba loco, incluso Gavin Gillis, quien era mi mejor amigo de ese tiempo, sacudió la cabeza y chasqueó los dientes. El gordo Smith sonrió como chimpancé y me guiñó descaradamente.

Pero estaba siguiendo las reglas, estaba orgulloso de mí mismo por ello. Y mi maestra me dio puntos extras, así que me sentí justificado después de todo.

En otra ocasión, cuando a mi clase se le indicó que no estábamos cantando suficientemente alto en la asamblea, ¡canté tan alto que hasta las aves saltaron de las ramas! ¡Ahogué por completo las voces de los demás chicos!

Luego, a la edad de once años, mi obediencia me metió en problemas.

Todo empezó cuando tuve necesidad de ir al baño.

– ¿Puedo ir al baño? – pregunté.

– ¿Por qué? – contestó la señora Balding, nuestra maestra ese año.

– Necesito hacer pipí.

– ¡Yew! ¡Debiste haber ido en el recreo!

Agaché la cabeza. Me hubiera gustado decirle *'no tenía ganas de orinar a la hora del recreo'*, pero sabía que no debía contestarle. La maestra Balding era buena, pero estricta. Una vez, le gritó al gordo Smith ¡porque le guiñó! ¡Hizo que Gavin Gillis caminara descalzo todo el día porque traía lodo en los zapatos!

Así que uno no buscaba caer de su gracia, ¡oh no! Y contestarle hubiera ocasionado precisamente eso. Me senté, cruzando y descruzar las piernas. Después de varios minutos incómodos por fin me dejó ir.

– ¡ Yew! ¿Es una emergencia? – se quejó la maestra Balding. Su cabello, que parecía un nido de pájaros, parecía contraerse.

Asentí con impaciencia y salí corriendo del salón.

Para cuando regresé ya había comenzado el ' tiempo de silencio'. Todos estaban sentados en sus escritorios, leyendo o escribiendo.

Me gustaba el silencio, me permitía soñar despierto.

Soñaba sobre correr por el bosque, con los helechos entre los dedos y las hojas secas en el pelo. Soñaba con chapotear en un océano abundante, con volar entre las nubes como un ave.

La dormilona Sampson empezó a tararear.

Era inusual, porque ella normalmente dormía en estas ocasiones. Sentí que estaba mal porque no debemos tararear en el tiempo de silencio, en una ocasión que lo hice me pusieron a escribir planas completas de 'El silencio es oro, los sonidos deben ser apagados'.

Sentí que necesitaba hacer algo, así que me llevé un dedo a los labios y la callé.

Ella me sacó la lengua, era rosada y la puso en forma de U.

Le gruñí, ella continuo tarareando, meciendo la cabeza de un lado a otro. Sus colitas se columpiaban.

– Es tiempo de silencio, – susurré. – No se supone que tararées.

Fue muy extraño, definitivamente inesperado.

Yo, Yew Shodkin, quebrantador de reglas y defensor de las libertades, ¡le decía a alguien más que se amoldara! Era como si me hubiera convertido en otra persona; vacía, genérica y dócil. Pero es lo que se obtiene cuando se aplica un proceso de condicionamiento operativo a alguien con una personalidad de todo o nada, una persona igualmente extrema pero en el lado opuesto del espectro.

La dormilona Sampson seguía tarareando, se veía feliz. Había una sonrisa en sus mejillas rosadas, una luz blanquecina resplandecía en sus ojos y un rubor rosado cruzó su semblante.

– Le voy a decir a la maestra – le susurré.

No la habría acusado, era una amenaza vacía. Y aunque quisiera, no le hubiera podido decir a la maestra, puesto que no nos estaba permitido hablar en el 'tiempo de silencio'. Pero de verdad quería que la dormilona dejara de tararear, de algún modo pensaba que la protegía de ser castigada.

Ella me jaló la oreja. ¡Me jaló la oreja! ¿Pueden creerlo? Estiró su flacucho brazo sobre la mesa, me agarró del lóbulo y me lo jaló tan fuerte como pudo. Me dolió infinidad, sentí puntos y estrellas brotar de mi oído, me hirvió la sangre y mis venas vibraban.

Pero no grité, porque era 'tiempo de silencio' y debiamos gritar tampoco. Solo le gruñí a la dormilona Sampson, quien todavía estaba tarareando, y la callé de nuevo.

Me pateó. Lo juro ¡se atrevió a patearme! Su dedo puntiagudo rebotó en mi tobillo, taladrando mi delicada piel.

Respingué, pero no respondí.

Ya nos habían advertido que la escuela tenía una política de 'tolerancia cero' a las peleas; que si dos niños participaban en una pelea ambos serían castigados. El único modo de evitar el castigo era negándose a pelear, aun si alguien te estaba atacando. Solo se debía de mantener la calma y aceptar la paliza, así la otra persona sería castigada y tu no. Esas eran las reglas, y no debían romperse.

Así que respiré profundamente, absorbí mi dolor y le gruñí a la dormilona Sampson.

Entonces me lanzó una pluma. No miento. ¡Me lanzó una pluma! Era una de esas plumas fuentes que usan las niñas pretenciosas. Personalmente nunca les encontré sentidoa su uso, siempre hacían unos manchones desordenados. Así que el baño de tinta se expandió por todos lados, una lluvia azul rociada en mi camisa blanca, incluso encontró su camino hasta mi boca... tenía sabor alcalino, sintético, grasoso y agrio.

Le refunfuñé. Ella me lanzó su liga y su libro de ejercicios. Saltó sobre la mesa, me tomó por el cuello y me empujó hacia atrás. Mi silla se ladeó y tirándome al piso.

– Ya no eres el niño que todos amábamos, – dijo como un rugido. –

Ya no eres el niño que *yo* solía amar.

Su palma derecha me golpeó la mejilla izquierda, su palma izquierda hizo lo propio con mi mejilla derecha. Me abofeteó una y otra vez; izquierda, derecha, izquierda, derecha, con el ritmo acelerado de un martillo neumático.

¡Que indignidad! ¡Era indigno ser golpeado por una niña! ¡Una niña flacucha! Una niña que pasaba la mayor parte de su tiempo durmiendo.

La vergüenza me acompañó por años.

El egot se retorcía de dolor. Recibió todos los golpes que me llegaban, pero no pudo soportarlos como yo lo hacía. Sus mejillas estaban muy débiles, sus pómulos se invirtieron gradualmente. Se metieron por su boca y le aplicaron presión en el cerebro. El rostro del egot tomó una forma ovoide, luego en forma de pera. Uno de sus ojos se saltó, rebotó en su barriga y rodó a un charco de líquido.

Los golpes seguían llegando.

La maestra Balding también llegaba hacia mi.

– ¡Sampson! – gritó. – ¿Qué crees que estas haciendo? ¡Yew! ¿Qué demonios hiciste para provocarla?

Me quitó a la dormilona Sampson de encima.

– ¡Yew! – exclamó. – Pensé que habías dejado atrás este tipo de comportamiento.

Mi rostro estaba ardiendo. Estaba adolorido, rojo y con comezón.

– ¿Qué pasó?

Me estremecí.

– ¡Contéstame!

Mire a la maestra Balding y le susurré:

– No puedo hablar en el 'tiempo de silencio'.

– Te estoy haciendo una pregunta, – mi maestra contestó. – ¡Yew¡

No te hagas el chistoso.

Negué con mi cabeza y cerré los labios. No había forma de que me hiciera romper la regla.

– ¡Si no me contestas, vas a estar castigado de manera permanente.

No le contesté. Solo cerré los ojos y vi hacia mis entrañas.

Vi al egot.

Pasó por una serie de convulsiones mortales, sus músculos sufrían espasmos con terrible violencia. Gorgoteaba tanto que una tiza blanca burbujeo fuera de su boca, carraspeaba de manera aguda tratando de jalar aire, lo que hacia que me palpitara la cabeza con un dolor anódico.

No sabía que sentir.

El brazo derecho del egot se disparó contra su pecho. ¡Pop! Así nada mas, desapareció por completo. Su brazo izquierdo hizo lo mismo, luego su pierna derecha se cayó, su pierna derecha quedó renga.

El egot me vió con ojos vacíos. ¡Con *mis* ojos vacíos! Y con su último aliento dijo:

– Adiós, viejo amigo. Solo recuerda que mi prioridad siempre ha sido tu bienestar. Siempre te amé, todo lo que quería es que fueses tú.

TRECE

El egot murió. Luego se deterioró, tuve que caminar con su cuerpo descompuesto apestando mi cerebro por un mes completo. ¡Como dolía! Sentía una estampida de todos los corceles del Cesar en estampida sobre mi cabeza, pisoteando mi cráneo, con cascos que ansiaban echarme a tierra y ancas decididas a aplastarme.

Mi cabeza zumbaba, mis ojos lagrimeaban y mi frente se puso púrpura oscuro.

El rigor mortis del egot me dio la sensación de hinchazón de la podredumbre. Su cuerpo se expandió como globo, lleno de gas sórdido y sublime desolación. La espuma goteaba de su nariz, boca y ano. Sus orificios oculares supuraban pus.

Mi cabeza palpitaba como bocina en una fiesta rave.

El cuerpo del egot se desmoronó, su piel pálida se volvió ceniza. Los gusanos devoraban sus huesos y mi materia gris absorbía sus restos.

El dolor comenzó a disminuir.

Luego, una menguante tarde de otoño, lo que quedaba del egot voló lejos. Mis narinas se abrieron de par en par y aspiraron la más gloriosa bocanada de aire que he probado. Mis pulmones se sacudieron de pura emoción.

Sentí una incontenible sensación de ligereza.

Por fin estaba libre.

CATORCE

El otoño de mi juventud se convirtió en el invierno de mi adolescencia. Si algo definió ese periodo de mi vida, fue mi sumisión a la autoridad. Sin el egot a mi lado, era completamente incapaz de desafiar a las personas en posiciones de poder.

No seguí el consejo de Lao Tzu, para 'responder inteligentemente a un trato poco inteligente'. Estuve de acuerdo con todo trato 'poco inteligente' que cruzó mi camino.

No es difícil entender el porque. Los años de condicionamiento operacional me transformaron en un pequeño autómata obediente, como una rata en los experimentos de Skinner. Seguía las reglas, sin necesidad de amenazas o sobornos. Solo seguía órdenes.

Y no estaba solo. La sumisión a la autoridad es una norma de nuestra sociedad, lo que fue demostrado por el psicólogo social Stanley Milgram.

Milgram condujo un experimento en el cual a dos personas se le fueron asignados diferentes roles. Al "señor Wallace", un actor que hacia el papel de un voluntario, se le hacia pasar a un cuarto. Se le colocaban electrodos en los brazos y un voluntario real pasaba a un cuarto adjunto. Se le colocaba frente a un generador de descargas eléctricas <u>falso</u> con treinta interruptores marcados desde "15 voltios (choque ligero)" a "375 voltios (¡Peligro!)" y hasta "450 voltios (XXX)". El voluntario real pensaba que se le había elegido para ese puesto al azar, que habían podido estar en el lugar del señor Wallace y que el generador de descargas eléctricas era genuino.

Se le pidió al señor Wallace que memorizara una lista de pares de palabras. Luego, cuando estuviera listo, el voluntario debía examinarlo, es decir, darle una palabra y pedirle que contestara la palabra que completaba el par. Cada vez que el señor Wallace cometiera un error, el voluntario debía administrar una descarga eléctrica, cuya intensidad iba en aumento en una unidad por cada respuesta incorrecta.

No se que fascinación tienen los psicólogos con las descargas eléctricas, son un poco sádicos a mi ver. Pero, afortunadamente, esta vez no usaron ratas, lo que es definitivamente un ventaja en lo que a mi respecta.

De cualquier modo, a medida que avanzaba el experimento, quedaría claro para el voluntario que el señor Wallace estaba sufriendo. Cada vez que el actor recibiera una descarga, este se quejaba. Cuando el voltaje aumentaba empezaba a retorcerse y gritar, y cuando el voltaje llegó a los niveles mas altos, gritaba en agonía, emitiendo gemidos infernales y chillidos mortales.

Si el voluntario pedía detenerse, un científico de apariencia formal le decía, "*Continúe, por favor*". Si expresaban preocupación de nuevo, se les decía "*El experimento requiere que continúe*", luego "*Es absolutamente esencial que continúe*" y finalmente "*No tiene mas remedio que continuar*".

Los resultados fueron impactantes.

Dos tercios de los voluntarios continuaron hasta el final ¡Incluso cuando el señor Wallace fingió estar muerto! ¿Pueden creerlo? Dos tercios de gente común y corriente, gente como usted y como yo, estaban dispuestos a matar a un hombre inocente, ¡solo porque un experimento científico se los exigía! Esas personas estaban más influenciadas por la figura de autoridad, un científico en uniforme formal, que por el grito mortal de un moribundo.

No es difícil ver el porqué.

Nuestra sociedad nos alienta a obedecer a la autoridad. Es una cuestión de condicionamiento operacional, somos recompensados cuando seguimos las reglas de la autoridad y castigados al quebrarlas. Lenta y constantemente se nos coacciona a un estado de absoluta obediencia.

Bueno, como los voluntarios en el experimento de Milgram, se me había coaccionado a tal estado. Hubiera hecho cualquier cosa que una persona con autoridad me hubiera pedido, mientras se presentaran como alguien genuino, con el título arrogante y una fachada bien presentada, hubiera obedecido sin pensarlo dos veces.

Esa fue la historia de mi adolescencia.

No son años en los que me gustaría extenderme. No quisiera aburrirle, querido lector, con muchas anécdotas que ponen en relieve la misma realidad. Habiendo hablando la primera parte de este libro sobre mi infancia, un periodo en el que mis mayores tomaron la arcilla húmeda de mi personalidad y la moldearon en la forma que deseaban, prefiero hablar ahora sobre las etapas tempranas de mi adultez, cuando los efectos de la manipulación empezaron a ser evidentes. Pero antes de llegar a eso, siento la necesidad de darle algunos ejemplos breves de mi sumisión, a efecto de demostrar en donde me encontraba en el momento.

Como los voluntarios en el experimento de Milgram, que hicieron lo que el científico les pidió hacer, yo creía en todo lo que me decían mis maestros, incluso cuando estaban mintiendo.

Cuando me dijeron que Cristóbal Colón había descubierto América, les creí. No se me ocurrió preguntar por las personas que habían vivido ahí por decenas de miles de años, no pensé en estudiar a los vikingos, que habían hecho el mismo viaje cinco mil años antes que Colón, o los africanos, que habían estado haciéndolo por años. ("Comerciando con lanzas de puntas de oro", según el diario del mismísimo Colón). No lo consideré, solo acepté lo que se me dijo.

Acepté que alguna vez tuvimos 'un gran imperio' que había 'civilizado' al mundo. Acepté que habíamos derrotado a los malvados comunistas y fascistas. Ignoraba el hecho de que habíamos asesinado a millones de personas en el proceso, la invención de los campos de concentración y que les vendíamos opio a los chinos. Ese tipo de cosas se barría bajo la alfombra.

Mis maestros me dijeron que la antigua civilización egipcia fue fundada por gente blanca, a pesar de toda la evidencia de que había sido fundada por negros. Me dijeron que el papel y la impresión habían sido inventos occidentales, cuando en realidad se desarrollaron en China, y me dijeron que Galileo descubrió los movimientos de los planetas, a pesar de que los eruditos de Tombuctú sabían de ellos desde dos siglos antes.

Lo creía todo. Devoré la propaganda sin evaluarla, sin pensarlo. Me hacía sentir mejor creer que la mayoría de los avances de la humanidad habían sido realizados por hombres blancos, como yo. Ese tipo de ideas patriarcales de la supremacía blanca me aumentaban el ego.

Toda mi educación estaba teñida de tergiversaciones históricas como esas, mismas que justificaban el status quo, que glorificaban al status quo, y que a su vez, ayudaban a mantener el status quo.

Tal como dijo George Orwell, "Aquel que controla el pasado, controla el presente, y el que controla el presente, controla el futuro".

Mis maestros estaban tratando de controlar mi futuro, y no estaban solos, ¡oh no! Junto a ellos estaban mis padres.

Así como mis maestros, mis padres eran figuras de autoridad, la ley les había concedido 'derechos y responsabilidades parentales', incluyendo la administración de castigos; y su religión lo ordenaba: "Honraras a tu padre y a tu madre, entonces vivirás una vida larga y plena".

Yo quería vivir una "vida larga y plena".

Así que cuando mis padres me pidieron llevar a cabo una ceremonia de *'mayoría de edad'*, confirmar mi dedicación a su religión. Estaba inclinado a acceder. Eran figuras de autoridad, después de todo, y yo solo un joven obediente, ¿qué opción tenía?

Sin embargo, una pequeña parte de mí no estaba segura.

Es difícil de explicar, no era como si el egot hubiera regresado, no me empujaban a negarme o rebelarme. Pero sentía una molestia, un suave y apagado elemento de duda que vibraba bajo la superficie de mi mente consiente y me preguntaba *'¿Realmente quiero hacerlo? ¿Realmente quiero glorificar al Dios despiadado y egoísta de mis padres? ¿Un Dios que ocasiona enfermedad, guerra y hambre a su pueblo? ¿Un Dios que nos juzga cual dictador demente? ¿Un Dios de condicionamiento operacional, que nos soborna con el paraíso y nos amenaza con el infierno?'*

Planteé mis preocupaciones durante una cena familiar, en medio de bocados de patatas asadas bañadas en salsa y ejotes salados.

No lo rechacé, por favor comprenda. Eso habría sido atrevido de mi parte y yo era un buen chico. Mis días de rebeldía estaban en el pasado. Pero expresé mi malestar.

– Preferiría no llevar a cabo la ceremonia, – dije. – Si no es problema para ustedes.

Mi familia estaba horrorizada. La barbilla de mi papa dio un salto al frente, mi mama dijo:

– ¡Yew! ¡Mi ángel! Sé buen chico, por favor, sé buen chico.

Mi primo favorito me llevó al estudio de mi tio para platicar.

– Piensa en todos los regalos que recibirás, – me dijo. – ¡Gente que ni siquiera conoces te dará dinero¡ te van a dar más regalos de los que hayas recibido en toda tu vida. ¡Será el día de recompensas mas grande que tendrás!

Regresamos a la mesa.

Mi abuela me regañó. ¡Adoraba a mi abuela! Para mi, ella era un portal a otro tiempo, una diosa con aroma a lavanda. Maternal, siempre me daba chocolates y nieve, siempre sonreía al verme.

Pero ahora no estaba sonriendo.

– No serás mi nieto si no llevas a cabo la ceremonia, – me dijo. – ¡Te negaré! Ningún nieto mío escogería no hacerlo.

Me quedé helado, como un ciervo en carretera. Mis labios se volvieron de madera. La barbilla de mi padre se adelantó.

Querido lector, supongo que le será fácil considerar este caso de condicionamiento operacional. Después de todo se me había sobornado con recompensas (los regalos), y se me había amenazado con un castigo (el desamor).

Pero en esa etapa de mi vida, ya no necesitaba amenazas o castigos, solo necesitaba que se me mostrase que el asunto era serio. Eso era todo.

Toda mi persona estaba ya coaccionada. Mi miedo al castigo era tanto que no necesitaba amenazas, mi imaginación llenaba los blancos. Me imaginaba castigos aun peores que el rechazo de mi abuela. Me imaginaba rechazado por toda mi familia, excluido de cenas familiares, viajes y vacaciones. Me imaginaba ignorado, como si fuera invisible o como si no existiera.

Era débil. Era como un boxeador en las cuerdas, aporreado hasta dejarme a una pulgada de mi muerte por un luchador notablemente superior. No podía mantenerme de pie, todo lo que podía hacer era mover la cabeza, en un vano intento de suavizar los golpes.

– ¡Mi querido Yew! – mi madre repitió. – Por favor, sé buen chico.

Y la escuché, me comporté como un buen chico. Obedecí a mi familia, como los voluntarios de Milgram obedecieron al científico.

Lo hice porque era evidente que era importante para mi familia, era algo que definitivamente tenía que hacer. Y con eso fue suficiente, no eran necesarias las amenazas o los sobornos, solo necesitaba que me lo ordenaran.

Ese impulso desinteresado mío, esa profunda necesidad de complacer a los demás se apoderó de mí e hizo el resto.

Fui a un servicio religioso por tres horas cada semana, iba a la escuela nocturna dos veces por semana y celebraba toda festividad religiosa que me salía por el camino.

Después de dos años, celebré mi confirmación.

No creo que mis padres lo hayan apreciado, nunca me dieron las gracias. Creo que simplemente daban por sentado que haría lo que ellos quisieran, que sería deferente. Ellos eran las figuras de autoridad, después de todo. Se suponía que hiciera todo lo que ellos quisieran, se suponía que fuera buen chico. No pensaron que fuera la gran cosa.

Esto ocurrió cuando tenía doce o trece años y hay únicamente otro evento del que me gustaría hacer mención en este punto; un evento que tuvo lugar cuando iba a cumplir dieciséis.

Tenía que tomar una decisión que daría forma a mi futuro completamente.

'¿Debería buscar un trabajo?

¿Debería hacer un internado?

¿Quizá debería hacer un curso vocacional?

¿Quizá armar un negocio?

¿A lo mejor debería vivir una vida independiente en el campo?

¿o acaso debería continuar con la escuela y luego ir a la universidad?'

Me gustaba la idea de vivir la vida independiente, vivir cerca de la madre naturaleza, donde alguna vez vivieron mis ancestros. Pero para mis padres había solo una opción. Iba a permanecer en la escuela, me gustara o no. Mi adoctrinamiento había de continuar.

– Vas a ir a la universidad, – me dijo mi padre. Estaba sentado detrás de su escritorio revestido de cuero, aparentando ser un auténtico jefe, con su traje arrogante y su petulante sentimiento de superioridad. Parecía astuto, feroz. Su barbilla se adelantó y sus cejas saltaron de alegría.

– Si vas a la universidad, te apoyaré, – continuó. – No tendrás que preocuparte de pagar facturas u honorarios, alimentos o alojamiento. Pero si dejas la escuela, te echaré. Ya no serás bienvenido en *mi* casa, tendrás que arreglártelas como puedas, ahí afuera, en el mundo malvado y cruel.

¡Recompensas y amenazas!

¡Recompensas y amenazas!

No vi otra opción, me aterraba ser un vagabundo. Me imaginaba tendido bajo los arcos húmedos de la estación de trenes, cubierto de hollín, con gusanos en los bolsillos y hormigas en el cabello. Me imagine siendo asaltado, golpeado y violado periódicamente.

Y también pensé en mi padre. Sentí el deber de seguir con mi educación para él, claramente le importaba mucho y yo quería hacerlo feliz. Realmente creí que con quedarme en la escuela estaría complacido, soñaba con verlo sonreír y que me diera las gracias.

Creo que sufría del "síndrome de Estocolmo". Así que me quede en la escuela y fui a la universidad.

No porque quisiera, comprenda por favor. No porque le viera algún beneficio, sino porque las figuras de autoridad lo esperaban de mi. Mis padres y maestros lo esperaban de mi, al igual que la sociedad. Es lo que los muchachos blancos de clase media deben de hacer, así que lo hice, por ellos. De manera desinteresada y sumisa.

Pasé otros cinco años en un sistema escolar que ya me había sofocado bastante. Fui rechazado de mi primera opción, así que fui a una que no me gustaba, pero aun así asistí a la mayoría de mis clases.

Me decían "*esta es la verdad científica – no tiene sentido cuestionarla*", "*esta teoría es válida si asumimos que A, B y C*", y "*puedes leer sobre puntos de vista alternativos – pero no estarán en el examen*".

Aprendí a discutir, le llamaban '*debate*'. Aprendí como venerar, aprendí a ser un trabajador entusiasta y un consumidor pasivo.

Pero nunca aprendí nada práctico, como procedimientos para purificar el agua, construir un hogar, iniciar una fogata, cosechar alimentos o sobrevivir sin la ayuda de corporaciones.

Sonreía, fingía ser feliz. Me decía a mí mismo que otras personas estaban en una situación peor de la que vivía yo. Quiero decir, yo tenía comida y refugio, había personas que no tenían eso ¿Quién era yo para quejarme?

Tome lo mejor de una mala situación.

Incluso me conseguí a mi primera novia, Georgie, una chica decidida de intelecto agudo y una lengua aun más afilada. Usaba un perfume increíblemente exquisito y portaba vestimentas de una elegancia casual. Su cabello era lujoso y su piel parecía de seda.

Casi lograba sentirme feliz cuando estaba con Georgie. Sentía mariposas en el estómago cada vez que la veía. Algunas veces me decía cosas que realmente resonaban, cosas que me ponían la piel de gallina.

Respirábamos al unísono cuando dormíamos.

Si, Georgie era genial. Me hacía sentir como un ser humano real, me ayudó en esos años de ambivalencia, pensé que ella era 'la indicada'.

Hice amigos en la universidad también, seguimos en contacto aun después de graduarnos.

Y me fue muy bien, creo que era debido a mi personalidad de todo o nada. Aunque no quería ir a la universidad, quería tener éxito mientras estaba ahí, use toda mi dedicación.

Pero no creo que mis padres hayan valorado los sacrificios que hice por ellos. Mi papa me dió algo de dinero, como recompensa por mi esfuerzo. Estuvo bien, agradecí el gesto. Pero era una recompensa por hacerlo bien, no un agradecimiento por haber accedido a ir. Mi padre nunca me agradeció por ir a la universidad. Nunca, ni una sola vez.

Mi mamá también estaba contenta conmigo por sacar buenas calificaciones.

– ¡Oh Yew! – celebró. – Eres tan buen chico, estoy muy orgullosa de ti, ángel mío. ¡Haz sobrepasado mis expectativas!

Pero nunca me dio las gracias por ir a la universidad.

Eso me dolió. Me dolió mucho, sentí que me habían apuñalado con una daga oxidada en el pecho, como si alguien me hubiera sacado el corazón y lo hubiera lanzado con una patada por una ventana.

¡Les dí cinco años de mi vida! ¡Cinco años!

Pues esa traición tuvo grandes repercusiones, realmente daño nuestra relación. Aun los veo de vez en cuando, pero no hay calidez ni amor. No quedó mucho de nada.

Un profundo abismo se abrió entre nosotros, solo quedó la distancia.

QUINCE

En la escuela siempre me dijeron que había que seguir en la escuela. Que graciosos. Mis profesores me decían que mi vida mejoraría si tenía una educación, que me ayudaría a conseguir un buen trabajo.

Pero no fue así.

No conseguí un buen trabajo, deje cientos de solicitudes de empleos para licenciados, pero nunca fuí recompensado por mi esfuerzo.

En mi currículum siempre ponía mi titulo universitario en primer lugar y alardeaba sobre mis calificaciones cuando llegaba a tener una entrevista. Pero a mis entrevistadores parecía no importarles, siempre tenía que contestar las preguntas autorizadas por los dirigentes de la empresa:

"¿Donde se ve en cinco años?

¿Cuáles diría usted que son sus mayores fortalezas y debilidades?

¿Cuáles tres artículos preferiría tener con usted si estuviera a la deriva en una isla desierta?

Si pudiera ser un animal ¿Qué animal le gustaría ser?

¿Por qué las tapas de las alcantarillas son redondas?"

Nunca me fue bien en esas entrevistas.

Se dice que los entrevistadores lo juzgan al prospecto en los primeros segundos de conocerlo. Si este hace una buena primera impresión, tus posibilidades de obtener el trabajo aumentan aun cuando la entrevista en sí no haya sido exitosa. Independientemente de las calificaciones o de la experiencia laboral.

Desafortunadamente, nunca he sido capaz de causar buenas impresiones. No soy suficientemente atractivo para impresionar a la gente con mi apariencia, ni poseo el encanto suficiente como para escabullirme en su lista de gente favorita y me veo torpe al querer imitar su lenguaje corporal.

Si, se supone que uno haga todo eso. Los psicólogos dicen que ayuda a construir una relación, pero ese tipo de cosas siempre me han hecho sentir incomodo, me hace sentir deshonesto.

Así que, después de cinco años adicionales de educación en los que mi sobregiro que aumentaba día con día, no tuve otra opción que tomar un trabajo en un centro de atención telefónica. Me convertí en recaudador de donativos.

Georgie, por su parte, consiguió un empleo mucho mejor. Me abandonó y se mudó con un hombre más exitoso. No la culpo, ella tenía metas en su vida y yo no. Pero ser desechado de ese modo me dejó desanimado. Mi piel estaba tensa, tanto que mi cráneo se sentía como si lo estuvieran aplastando.

Pasé noche tras noches llorando en mi almohada. En cuanto dejaba de llorar, me empezaba a sentir molesto. Le daba puñetazos a la almohada, una y otra vez ¡Bish! ¡Bash! ¡Bosh! Y luego empezaba a sentirme solo, abrazaba a la almohada como si fuera mi compañera.

Si, mi almohada soportó muchas palizas durante esas semanas.

Luego llegó el rebote. Tuve una aventura con una compañera de trabajo, Steph. Era agradable, sus ojos eran como rebanadas de kiwi y su boca como un segmento de ciruela. Pero no teníamos nada en común. Nuestra relación era intensamente física, pero nunca me puso la piel de gallina como Georgie. Mi corazón nunca dejó de latir cuando la veía y, aunque no me enorgullece, me molestaba el hecho de que tuviera mi mismo puesto, aun cuando no tuviera una educación formal.

De cualquier modo, estoy divagando. Estaba hablándoles sobre mi trabajo.

No quiero decir que mi trabajo fuera malo, me pagaban lo suficiente para sobrevivir, las condiciones de trabajo eran seguras y me llevaba bien con mis colegas. Pero tampoco se puede decir que fuera un buen empleo; no pagaba lo suficiente para comprar un departamento, era un trabajo tedioso y el sistema se quebrantaba bajo el peso de un millón de reglas estúpidas.

Habia que registrarte a la entrada. Te multaban con una hora de salario si llevabas los calcetines impares. Si había un logo en tu camisa, se debía cubrir con cinta adhesiva. Si no te afeitabas, te hacían rasurarte con una navaja de un filo. Si querías comer un plátano, debías cortarlo en rebanadas, para que no pareciera que se estaba llevando a cabo un acto sexual, ademas había una política estricta de 'no sexo en la sala de conferencias' que había que obedecerse.

No estaba permitido usar la palabra 'problema', solo la palabra 'desafío'. No teníamos 'jefes', teníamos 'líderes de equipo'. Todo el que no donaba era llamado 'futuro donador' o 'por-dar'. No podíamos hacer 'tormenta de ideas' porque sonaba peligroso, así que hacíamos 'lluvias de ideas'. Se nos decía que debíamos tener una enfoque 'holístico integral'. Usábamos conceptos abstractos como 'incentivización', ' pensamiento de 360 grados' y ' pre-preparación'.

Si estabas en medio de una llamada al final del turno, había que quedarse tarde para terminarlo, pero sin recibir compensación por tu tiempo. Teníamos que tomar descansos, los quisiéramos o no, pero no se te pagaba ese tiempo. La compañía cambiaba los turnos a placer.

Y luego estaba el trabajo en sí.

Había que persuadir a los benefactores de diferentes fundaciones a donar dinero por medio de pagos domiciliados. Si ya tenían esta forma de donación, había que animarlos a aumentar la cantidad de la donación.

Me gustaba el concepto, me agradaba la idea de recaudar mucho dinero para las buenas causas. Pensaba que hacía del mundo un mejor lugar; terminar con la pobreza, proteger el ambiente y promover los derechos de las minorías maltratadas. Si, realmente creía que estaba contribuyendo a la sociedad.

Creo que de hecho logré hacer una diferencia. Pequeña, pero diferencia al fin y al cabo. Canalicé mis impulsos altruistas de manera productiva. Pero los engañaría si les dijera que todo era color de rosa.

Me sentaba en un conjunto de escritorios que compartía con otros cinco colaboradores. El piso ceroso se iluminaba con una intensa luz blanca. El olor a virutas de lápiz flotaba en el aire.

Esa oficina prefabricada me recordaba a la escuela a la que solía ir de niño, pero no lo consideraba como algo malo. No sentía los efectos del 'déficit de deficiencia de naturaleza', como los había sentido en la escuela. De hecho me hacía sentir como en casa, me resultaba familiar. Había estado en lugares parecidos a éste por tanto tiempo que se habían convertido en la norma para mi, como si mi tiempo en la escuela me hubiese preparado para este tipo de ambiente.

Bueno, me sentaba en esa oficina cada día, haciendo llamada tras llamada:

– Hola – decía. – Habla Yew de la Fundación X, ¿Habló con la señora Jones?

– Así es, ¿Quién habla? – la señora Jones contestaría normalmente. Era una pensionada frágil, con una voz quebradiza y un corazón bondadoso pero vulnerable.

– Habla Yew, de la Fundación X. – le repetía.

– Ooooh, – murmuraba con ansiedad y temor. –¡La fundación X! ¡Claro! Me gusta su fundación. Hacen un excelente trabajo con la cuestión Y.

– ¡Me alegra que piense eso! ¿Sabe las actividades que hacen en cuanto a la cuestión Y?

– He escuchado que hacen A

– ¡Claro, eso hacen! ¡Pero también hacen B, C y D! Cada día hacen todo lo posible para la cuestión Y ¿Y sabe qué?

– ¿Qué?

– ¡Esta funcionando, señora Jones! No le miento, se esta haciendo una gran diferencia. Como usted sabe, la fundación X ha ayudado a reducir los efectos de la cuestión Y en un diez porciento el año pasado. ¡Es cierto, un diez por cierto!

– Que bueno.

– Y lo hicieron gracias a personas como usted, señora Jones. Sin su apoyo no serían nada.

– Eso no lo se, solo hago lo que puedo.

La señora Jones solía sonar un poco insegura en este punto de la conversación, su voz titilaba con duda y sus palabras empezaban a sonar huecas.

– Claro que si – le reafirmaba. – No se haga menos, señora Jones. Usted hace una gran diferencia, ¡una gran diferencia! Pero, por desgracia, no es suficiente.

– ¿No es suficiente? ¿A que se refiere?

– Bueno, nuestros pronósticos muestran que si no actuamos pronto el asunto Y crecerá en un cien porciento el próximo año. ¡Podría duplicarse! Es por eso que nos permitimos hablarle. Necesitamos de su ayuda, señora Jones, ¡usted puede hacer la diferencia!

La señora Jones sonaría cautelosa al responder a ese comentario. A veces tartamudeaba, a veces balbuceaba:

– Es una situación terrible – diría. – Pero, honestamente, no veo como podría ayudar, soy solo una anciana.

– ¡Pero claro que puede ayudar, señora Jones! – le reiteraba. – ¡Claro que puede! Verá, la fundación X necesita redoblar sus esfuerzos para poder hacer frente a peligros que ocasiona diariamente el asunto Y. Pero antes que todo, necesita duplicar sus 'fondos de batalla'. Es por eso que le llamamos; para pedirle si fuera usted tan amable de duplicar su donación mensual. ¡Le ayudaría a la fundación X a duplicar su trabajo!

– No lo sé – respondería la señora Jones. Su voz crujiría, se quebraría, sonaría burda. – Yo estoy pensionada, como verá. No tengo sobrantes de dinero. Y ya dono una parte a la fundación X.

– Así es, señora Jones, y estamos muy agradecidos. Su donación hace una gran diferencia. Son de ayuda para poder hacer frente a los problemas causados por el asunto Y. Pero, desafortunadamente, no es suficiente. Si vamos a vencer al asunto Y, de una vez por todas, entonces necesitamos que *participe* un poco mas.

– ¿Que '*participe*' un poco más?

– Que done un poco más.

– No tengo nada mas.

– ¡Pero señora Jones, claro que si! Solo necesita ahorrar un poco aquí y economiza un poco allá. Apague su calefacción para ahorrar dinero en energía. Use la regadera en vez de la bañera para reducir su factura del agua. ¡Hagamos un esfuerzo para la victoria! ¡Economice y ahorre! Y podrá duplicar su donación. ¡Así! ¡Fácil y sencillo! Podrá ayudarnos a enfrentar el problema Y.

– No creo que pueda hacer esos recortes, no tomo baños de tina.

– Claro que puede, señora Jones. ¡Usted puede! Yo creo en usted.

– ¡Es usted tan adorable!

– Muchas gracias, señora Jones.

– Pero no puedo darme el lujo de duplicar mi donación.

En este punto de la conversación, la señora Jones ya se sentiría un poco más segura, más arrogante. Habría recobrado el valor de sostener sus convicciones. Su confianza.

Sabía tomar ventaja de esta seguridad, lo admito. Dejaba a la señora Jones sentir que me había derrotado:

– Lo se, lo se, – le diría. – Los tiempos están difíciles y ya nos esta brindando su apoyo. Lo comprendo, ¿qué le parece si hacemos las cosas bajo sus términos? Señora Jones, ¿cree que sería posible aumentar su donación mensual en un veinte porciento? ¿Cree poder solventarlo?

– Bueno, pues si, puedo solventar esa cantidad, suena más razonable.

– ¡Excelente! Déjeme hacer el ajuste en este momento.

Colgaría el teléfono, haría anotaciones y le llamaría a alguien más.

Solo Dios sabe que pasaría con todos los señores y señoras Jones con quienes hablé. Nunca le dimos seguimiento.

DIECISEIS

Era bueno en mi trabajo. No era el mejor recaudador, pero estaba lejos de ser el peor. Usualmente me encontraba en los primeros cinco lugares de la tabla de liderazgo en la que se nos clasificaba de acuerdo a las 'ventas' que hacíamos.

Me sentía orgulloso. Me hacía sentir cómodo.

Necesitaba ser bueno, a los recaudadores que no cumplían con sus metas no se les 'ofrecía mas trabajo'. No eran despedidos, como tal, solo se les dejaba de emplear.

Pero no estoy seguro de que mi éxito me hiciera feliz. No es que me hiciera infeliz, por favor, comprenda. No me hacía sentir nada, se podría decir que estaba apático.

Atrás quedó la emoción, Beethoven dejó de proporcionarle una banda sonora a mi alma. Mi corazón ya nunca se sobresaltó y mi adrenalina dejó de bombear.

Atrás quedaban también los bajones, los castigos, el temor, dolor y miedo. Creo que era la ausencia del egot lo que alimentaba mi apatía.

Habrá notado que no he mencionado al egot en estas últimas páginas y pudiera serle extraño. La primera mitad de mi historia giraba en torno a este personaje, y ahora esta completamente desaparecido. Apenas lo he mencionado. Quizá le parezca extraño. Peculiar. Inconsistente. Quizá lo haya dejado con una sensación de insatisfacción.

Pero la verdad es que el egot no jugó un papel en mi vida adulta. Casi no pensaba en él, olvidé que había existido. Nunca volví a escuchar su voz, por eso es que esta ausente en estos capítulos.

Bueno, cuando el egot murió se llevó consigo mi disidencia. Mi espíritu libre. Se llevó mi habilidad de librarme de mis cadenas, de sentirme como si estuviera en la cima del mundo. También se llevó el dolor aplastante que sentía cada vez que era reprendido y castigado. La ansiedad y la angustia. Se llevó las emociones *y* los bajones.

Quedé con una neutralidad extrema. De la especie que absorbe cada onza de vida de mi ser, pero que a la vez fingía ser mi amiga. Me sentía agradecido por eso, por sobrevivir, constantemente, sin experimentar emociones extremas como el júbilo o la euforia, la desesperación o el miedo.

Esa neutralidad engendró en mi cierta insensibilidad.

Los días se fusionaban en semanas y las semanas se volvían años. El presente digirió al pasado y defecó al futuro. Literalmente mataba el tiempo; alineaba dulces de colores en mi teléfono, leía historias vulgares y completaba mi sudoku del día. Ponía un 'nueve' en este cuadro, luego un 'dos ' en otro.

Todos los días eran lo mismo.

Me tomaba una hora prepararme para ir al trabajo, una hora para llegar, nueve horas ahí y luego una hora de regreso a casa. Para cuando llegaba, estaba tan cansado que solo cenaba, veía algún estúpido programa de televisión y navegaba el internet. Me quedaba dormido y despertaba al día siguiente a repetir el mismo proceso.

Vivir de ese modo me ayudó a encajar, todos en la oficina parecían tener estilos de vida similares. Todos caminábamos como zombis, con un vacío en los ojos y letargo en los movimientos. Todos parecíamos estar conformes.

Este tipo de conformidad es bastante normal, hubo un psicólogo llamado Solomon Asch que lo estudiaba. Llevó a cabo un experimento en el cual un voluntario se sentaba en una mesa con otras siete personas. El voluntario creía que esas personas eran también voluntarios, pero eran actores. Así son ellos de engañosos.

Ocho participantes recibían dos cartas cada vez. La primera carta tenía impresa una línea recta, la otra mostraba tres líneas de distintos largos, marcadas 'A', 'B' y 'C'. Se les preguntaba a los participantes cual de las tres líneas tenía el mismo largo que la línea en la primera carta. La respuesta era obvia, en las pruebas de control, en las que todos debían dar su opinión honesta, casi siempre daban la respuesta correcta.

Pero luego los actores empezaron a dar respuestas incorrectas, en algunas ocasiones, todos daban la misma respuesta incorrecta.

El voluntario, que solo hablaba hasta que los demás hubieran participado, enfrentaba una elección; dar la respuesta correcta o la respuesta popular.

¿Entonces que pasó?

Alrededor de tres cuartas partes de los voluntarios siguieron a los actores y dieron la respuesta incorrecta. ¡Tres cuartas partes! ¡Eso fue lo que pasó!

Cuando se les preguntó porque habían dado esa respuesta, la mayoría de los voluntario dijo que no querían ser ridiculizados por ser 'peculiares'. Querían encajar. Esto es llamado "Influencia normativa". ¡Pero algunos de los voluntarios dijeron que creían que los otros participantes estaban en lo correcto! Pensaron que esas personas estaban mejor informadas que ellos. Este tipo de conformidad es llamada "Influencia informativa".

Tal como esos voluntarios, yo no quería parecer peculiar, no quería ser ridiculizado y quería encajar. Así que permití que la influencia normativa guiara mi comportamiento.

Y, al mismo tiempo, la influencia informativa también me afectó. Supuse, tácitamente, que el modo en el que mis compañeros se comportaban era la manera correcta de comportarse. Asumí que sabían todo lo que yo no sabía, así que hice cosas que no eran racionales, cosas que no quería hacer, simplemente porque otras personas las hacían. Supuse que debía haber algún tipo de merito en ello, aunque yo no lo percibiera.

Caminaba alrededor de mi sector cada día, ofreciéndoles a mis compañeros una taza de té o café. No lo hacía por gusto, la mayor parte del tiempo ni siquiera yo quería tomar una bebida. Lo hacía porque era lo que hacen los compañeros, así que pensé que yo también debía hacerlo.

Me inscribí a un gimnasio, para aumentar mi masa muscular, para no sobresalir por ser flacucho. Empecé a usar la misma ropa que todos usaban y a comer la misma chatarra etiquetada que todos comían.

Empecé a escuchar música popular; del tipo genérico, la basura plástica que las emisoras de radio convencionales repiten todo el día. Veía programas aburridos de televisión para poder hablar de ellos al día siguiente en el trabajo y participaba en estúpidas conversaciones triviales sobre celebridades, deportes o el clima.

Al recordar esas conversaciones ahora, no puedo dejar de pensar en el proverbio de Lao Tzu, '*El sabio calla. El estúpido habla*.' Bueno, en ese entonces no 'sabía' de lo que hablaba y 'hablaba' mucho ¡Bastante! Hacía un verdadero esfuerzo en conversar con cada uno de mis colegas cada día.

Supongo que estaba aplicando el condicionamiento operante en mí mismo. Me impuse una recompensa, 'encajar', y la recibía cada vez que actuaba como los demás, así como un castigo, 'ser un marginado social', que experimentaría si actuaba de manera natural.

Yo mismo me supervisaba ¡Era mi propio Skinner! ¡Mi propio

carcelero! ¡Mi peor enemigo!

Esos castigos y recompensas imaginarios me influenciaban de tal manera que hubiera hecho lo que fuera por encajar. ¡Cualquier cosa, en absoluto!

Y gradualmente, creo que surtió efecto...

Algunos de mis compañeros me invitaban a un bar cada viernes después del trabajo. No me gustaba el bar, ni la cerveza, pero disfrutaba ser parte del grupo. Me hacía sentir querido, y eso significaba que formaba parte de tres grupos de amigos. ¡Tres! No solo uno. ¡Tres! Estaban mis amigos de la escuela (aun seguía en contacto con Gavin Gillis y Amy McLeish de manera frecuente), mis amigos de la universidad y mis amigos del trabajo. Estaba negando mi verdadero yo, pero me estaba haciendo popular. Eso me alegraba.

Empecé a ver a mis amigos del trabajo en nuestros días libres. De vez en cuando iba a sus hogares. Ocasionalmente íbamos a ver un concierto o un partido de futbol juntos, lo que me hacía sentirme incluido, me ayudaba a pasar el rato.

La monotonía de mi trabajo empezó a hacer mella y mis dudas sobre mi desempeño empezaron a crecer. Pero me quedé en la empresa porque sentí que pertenecía ahí, me sentía como uno de los chicos.

Con el paso el tiempo olvidé que no me gustaba comer la comida artificial o vestir la ropa genérica. La basura que veía en televisión me reconfortaba en realidad y las conversaciones triviales dejaron de sentirse absurdas. No pensaba en esas cosas, eran solo cosas que llevaba a cabo de manera robótica, sistemática, como parte de una rutina incuestionable.

Me convertí en una nueva persona; absorbido por la neutralidad del abismo, reconfortado por las normas sociales y liberado de la carga de la individualidad.

DIECISIETE

Estaba triunfando con mis objetivos, consiguiendo que montones de abuelitas donaran dinero que realmente no tenían y mis jefes estaban encantados.

Daban la impresión de estar pensando en subirme de puesto, me preguntaban sobre mis aspiraciones y me hablaban sobre la vida que lleva un 'Líder de Equipo', luego me invitaron a pasar una noche en la ciudad.

No me pareció apropiado negarme, puesto que es algo que no suelo hacer con figuras de autoridad. Seguía siendo un buen chico. Además, tenía el genuino deseo de encajar, quería amoldarme a ellos.

Así que me les uní, trate de comportarme como esos gerentes; hablar como ellos, actuar como ellos.

Empezamos en un bar, uno de esos lugares viejos y cansados a donde la gente va a beber por costumbre. Apestaba al aroma de cerveza añeja y los bultos húmedos que constituían los viejos borrachos.

No disfrutaba de beber sin razon, pero todos estaban vaciando una cerveza tras otra y pensé que debía hacer lo mismo. Pensé que me ayudaría a encajar con ellos.

Luego fuimos a un casino, nunca antes había entrado en uno. Siempre me parecieron una tontería, es decir, ¡La casa siempre gana! Es regalarles dinero. Es ridículo.

Pero quería asimilarlo, quería encajar. Así que me senté en la mesa de black Jack, coloqué la apuesta mínima en cada mano y fingí divertirme.

– Podría acostumbrarme a esto. –Le mentí al señor Morgan, nuestro jefe ejecutivo.

El señor Morgan me recordaba al director Grunt, quizás por sus cejas desordenadas o por su jovialidad forzada. Pero había algo en el señor Morgan, algo sutil, algo violento. Tenía el aire de corredor de bolsa y el aura de un verdugo.

Todo iba bien hasta que no aposté con un catorce.

– ¿Por qué lo hiciste? –me preguntó el señor Morgan. –Yew Shodkin, ¡Yewy Shodkin! Claramente no eres parte del equipo.

Eso me dolió. Sentí que mi estómago caía pesado como plomo, rebotando contra mi abdomen y jalando consigo a mis pulmones. Me dolió porque estaba haciendo todo lo posible por parecer uno del equipo y porque no tenía idea a lo que se refería el señor Morgan. Ni siquiera sabía que el Black Jack fuera un juego de equipo.

De cualquier modo, a pesar del incidente, me invitaron a la siguiente noche fuera de los gerentes y a la que siguió de esa. Las salidas tenían lugar cada pocos meses. Nunca me ayudaron a subir de puesto, pero siempre me orillaron a pensar que estaba por ocurrir, que estaba haciendo un buen trabajo.

Para la cuarta o quinta salida empezamos en el mismo bar y luego caminamos al casino.

De camino, uno de los directivos, un tipo que solo conocía como 'Deano', tuvo una idea. Era un hombre conflictivo, tenía una boca sucia que estaba siempre llena de zarzamoras y blasfemias. Y siempre tenía ideas locas.

– ¡Oigan muchachos! – alentó con la exuberancia de un payaso ebrio. –¡Vamos a este maldito lugar! ¡Vamos, malditas perras!

Estábamos afuera de un bar nudista. Un portero bravucón resguardaba la puerta, parecía una cruza de bulldog y pingüino. A su lado, un cartel anunciaba 'Enanas desnudas' y sobre su cabeza había luces rojas que gritaban ¡Chicas! ¡Chicas! ¡Chicas!

– ¡Tetas! – gritó el señor Clough, el jefe de Cuentas, un hombre tubular que tenía torso de barril y piernas de baguette. – ¡Tetas! ¡Tetas! ¡Tetas!

Me tomó por sorpresa. En mi experiencia, los contadores no suelen gritar la palabra 'tetas' a todo pulmón. Al menos no en público.

– ¡Vayamos a echar unos polvos! – celebró el señor Smith, el ruborizado jefe de Relaciones Humanas.

– ¡Si vamos! – gritó otro gerente.

– ¡Si! ¡Si! ¡Si! – contestó su amigo.

Vitorearon al unísono.

Sentí que debía unírmeles.

– ¡Chicas desnudas! – grité. – ¡A quien no le gustan las chicas desnudas!

– Así se habla, – respondió el señor Morgan, sonriendo con alegría, de esas alegrías desfiguradas y viciosas y puso su brazo alrededor de mi hombro, guiándome adentro.

– Vamos Yew –me dijo. – ¡La vamos a pasar muy bien, muchacho!

Ese lugar parecía el mismísimo infierno. El espacio a mi alrededor era completamente negro, sentí como si me derritiera en una manta de vacío. Aun así las luces rojas rebotaban de cada superficie, envolviendo todo con un brillo infernal. Hacía que mis ojos lagrimearan.

Me tropecé y llegué a una cabina en forma de U, tomé un tequila y mire a la bailarina en el escenario. Su cuerpo era, bajo los parámetros convencionales, una hermosura. Sus movimientos eran en sí mismos sublimes y aun así no me pareció seductora. Ni siquiera hubiera dicho que era sensual, sus ojos estaban vacíos y sus movimientos robóticos.

Todos nos tomamos otro tequila. El señor Morgan miró hacia mí, sus cejas desordenadas se fusionaron. Parecía un arbusto en su aspecto y su piel elefantina se arrugaba haciendo pliegues.

– Yew – me dijo. – ¡Yew Shodkin! Tu eres soltero. ¿Por qué no pides un baile privado?

Sentí vergüenza. Mis músculos se tensaron, sentía mi estómago tenso, como si me hubieran sacado el aire. Como si no fuera más que un saco reseco.

– Realmente no es lo mío – dije.

Mire al piso para poder evitar el contacto visual.

– No seas tonto – contestó el señor Morgan. – ¡Venga! ¡Venga! Considéralo un regalo de mi parte ¡Te lo mereces! Haz estado haciendo un excelente trabajo.

Llamó a una muchacha hacia nosotros, le pasó un puñado de billetes doblado y le hizo una señal hacia mi. La chica me tomó de la mano y me llevó a un cuarto privado, donde me sentó en un duro banco cubierto de tela.

Se movía de lado a lado, masajeándose los pechos. Succionaba su dedo de manera seductora. Esa experiencia tuvo un profundo impacto en mi. Por favor, permítame explicarme.

Recordara el sentimiento que dije tener cuando se me ordenó llevar a cabo la ceremonia religiosa. Regrese algunas páginas y lo encontrará, en el capítulo catorce:

"Una parte de mi no estaba seguro" escribí. " Es difícil de explicar, no era como si el egot hubiera regresado, no me empujaban a negarme o rebelarme. Pero sentía una molestia, un suave y apagado elemento de duda, que vibraba bajo la superficie de mi mente consiente y me pregunté *¿Realmente quiero hacerlo?*"

Querido lector, sentí la misma molestia mientras estaba sentado en ese club de desnudistas. Sentí ese mismo elemento de duda. Me preguntó *¿Realmente quiero hacer esto? ¿Realmente quiero degradar a esta pobre muchacha?*

Ella solo realizaba los movimientos, ponerse en cuclillas y levantarse, menear su cadera sobre mi ingle, pero todo lo que podía ver era una chiquilla siendo explotada. ¡La hija de alguien! ¡La amante de alguien! ¡La amiga de alguien!

Me pregunté sobre su vida. Tal vez era estudiante, pensé, que intentaba pagar su estancia en la universidad. Tal vez era una madre soltera, haciendo todo lo posible para mantener a su hijo. O quizás era una esclava, una víctima de una mafia que trafica con personas, a quien ni siquiera se le pagaba.

Mi imaginación se descontroló.

Y a pesar de imaginar escenario tras escenario posible, en ninguna de las situaciones pude imaginar a la chica siendo feliz. Contoneaba sus pechos en mi cara, pero no parecía disfrutarlo, observaba fijamente, con la cara en blanco, la pared detrás de mí. Parecía aburrida, enojada.

Me sentí terrible, como un perro sarnoso, un zorro mestiza, rabioso, infestado de pulgas. Un chucho indigno. Ese ruido sordo que pulsaba debajo de la superficie de mi mente empezó a palpitar. Me revolvió el estómago.

No quería rebelarme, quería encajar, quería amoldarme. Por eso había salido con esos gerentes, por eso había permitido que la bailarina me llevara a ese cuarto. Mi conformidad me hacía sentir seguro, cómodo, a salvo.

Pero ellos no estaban en aquel cuarto, nada de lo que hiciera ahí les agradaría o ofendería. Nada de lo que hiciera ahí me ayudaría a cumplir.

No quería que el baile continuara, sentía que estaba abusando de esa pobre muchacha. Así que golpeé el asiento junto a mí.

– Siéntese, – le dije a la bailarina.

Y le di mi chaqueta para que se cubriera el pecho desnudo. Nos sentamos en silencio y luego regresamos al salón principal.

– ¡Que rápido! – dijo el señor Morgan. – ¿Todo bien, Yewy, muchacho?

Me encogí de hombros.

Quería que el señor Morgan apreciara el sacrificio que hice por él. De verdad quería que me lo agradeciera, pero no parecía agradecido. Al contrario, ¡Parecía que quería que yo le agradeciera a él!

Me frunció el ceño. ¡Me frunció el ceño! ¡ Sus cejas fruncidas estaban de punta!

Mi corazón se hundió, mi estómago se revolvió y corrí al baño, donde vomité en el piso

DIECIOCHO

Perdí mi trabajo.

La compañía paso por una mala racha, durante la cual no había suficiente trabajo para todos. Todo el que no tuviera experiencia en el trabajo con las fundaciones del sector C fue despedido.

– Es estúpido – me dijo el señor Collins. – Eres uno de los mejores recaudadores que tenemos, no deberíamos estarte despidiendo.

Pero aun así me despidieron, así es la burocracia.

No dejé que me desanimara. No, mi historial de éxito alimentaba mi ego. Estaba convencido de que tendría éxito en cualquier trabajo que obtuviera y esa confianza brillaba en las entrevistas. Me ayudó a conseguir un nuevo trabajo en el lapso de un mes, trabajando como un cocinero auxiliar de la cocina de una cadena de bares; calentando en el microondas las comidas previamente preparadas y lavando los platos de la vajilla barata. No era mucho, era un trabajo temporal de salario mínimo, pero me ayudaba a pagar mis gastos.

Incluso me conseguí una nueva novia, Lorraine. Una mujer mayor que tenía un rostro de querubín y ojos traviesos. Nos cuidábamos el uno al otro, veíamos el mundo de manera similar. Cada quien tenía su pasados.

Nos mudamos juntos después de estar saliendo por unos meses. Fue un gran paso para mí, me hizo sentir adulto, normal y responsable.

Y nos llevábamos muy bien, nos quedamos despiertos hasta tarde todas las noches, bebiendo vino y corrigiendo al mundo. Visitábamos a los amigos de ambos e íbamos al teatro juntos.

Si, realmente sentía una especie de alegría placentera cuando estaba con Lorraine. No es que me sintiera feliz, ya he explicado que estaba viviendo en un estado de absoluta apatía. Pero me sentía esperanzado, sentía que las cosas estaban mejorando.

Para comprender mi estado mental, es necesario primeramente entender lo que el psicólogo Tali Sharot llama 'el sesgo optimista'. Es la tendencia, que la mayoría tenemos, de sobreestimar la probabilidad de experimentar eventos buenos y subestimar la probabilidad de experimentar los malos sucesos.

En el mundo occidental, por ejemplo, dos de cada cinco parejas casadas se divorcian. Sin embargo, cuando a los recién casados se les comenta esto y se les pregunta la probabilidad de que *ellos* se divorcien no dicen que hay una probabilidad de dos a cinco. No dan una respuesta racional, dicen que hay una probabilidad de cero. ¡Cero! ¡Nada! ¡Ninguna! Estas personas ignoran los hechos y dejan que el optimismo nuble su juicio.

Así mismo, un estudio de Neil Weinstein encontró que los estudiantes pensaban que eran un trece porciento más propensos a recibir una recompensa en comparación a sus compañeros, treinta y dos porciento menos propensos a sufrir cáncer de pulmón y cuarenta y nueve porciento menos propensos a divorciarse. En realidad, claro está, sus probabilidades promedio serían iguales a las probabilidades de sus compañeros. Algunos tendrían mayor oportunidad, algunos menos pero habría sido una 'suma a cero' general.

No me malinterprete, no digo que el optimismo sea siempre algo malo. Puede aumentar nuestra confianza en nosotros mismos, lo que puede impulsarnos al éxito. Mientras que el pesimismo, por el otro lado, puede conducir a la depresión.

Pero, desafortunadamente, el optimismo puede también impulsarte a actuar de manera irracional, a perseguir metas poco realistas o continuar en trabajos y relaciones que pueden hacerte sentir miserable. Nos engañamos creyendo que los días soleados están a la vuelta de la esquina.

La sociedad alienta esto. Se nos dice ' *Si realmente lo quieres, lo puedes conseguir. ¡Solo tienes que intentar e intentar e intentar!*'. Y lo creemos, trabajamos duro, sufrimos con la loca esperanza de que un día nuestros esfuerzos sean recompensados con un trabajo mejor, un mejor salario y una mejor vida, en algún mítico punto del futuro.

En este sentido, el optimismo puede ser una enfermedad y creo que es una enfermedad que todos padecemos. Esta epidemia optimista, esta pandemia de fe ciega, que obscurece nuestras capacidades racionales y nos alienta a aceptar la infelicidad en nuestras vidas.

Al menos fue lo que me sucedió a mi.

A pesar de no querer hacerlo, me esforcé en conseguir un título porque era optimista de que significaba un mejor trabajo. Aunque rara vez marcó alguna diferencia, obedecí a mis jefes, maestros y padres, en la esperanza optimista de hacerlos felices. A pesar de que mis relaciones anteriores no habían funcionado, me sentía optimista de que las cosas saldrían bien con Lorraine. Y aunque nunca fui ascendido cuando trabajé de recaudador, me sentía optimista de que me ascenderían en mi trabajo como cocinero auxiliar. Me sentía optimista de ser el cocinero mayor, con un contrato permanente y un salario digno.

Albert Einstein dijo una vez que era una 'locura' seguir 'haciendo lo mismo una y otra vez, esperando resultados diferentes'. Era un tipo listo, ese Einstein. Y, según él, yo debía estar loco porque seguía trabajando duro y seguía esperando la recompensa, aun cuando mi trabajo nunca había sido recompensado. No tenía ninguna evidencia que sugiriera que sería recompensado, no era un pensamiento racional. Todo se reducía al optimismo. Optimismo ciego y debilitante.

Entraba temprano y me quedaba hasta tarde. Ayudaba a entrenar a los nuevos miembros del personal. Cuando había momentos de poco trabajo, encontraba algo productivo que hacer; limpieza, preparación o almacenamiento. Trabajaba en mis descansos y seguía todas las reglas.

Nunca me quejé.

No me quejé cuando tuve que hacer turnos divididos o cuando tenía que trabajar hasta las dos de la madrugada. Tampoco me quejé cuando tuve que empezar de nuevo a las ocho de la mañana, habiendo dormido solamente tres horas.

Aun así, el único aumento de sueldo que recibí fue pequeño y no fue un resultado de mi arduo trabajo; era un aumento que todos recibían al cumplir seis meses en el trabajo. Nunca me ascendieron, nunca fuí el cocinero mayor.

Después de un año, Lorraine me dejó. Dijo que '*realmente le gustaba*', pero que éramos '*muy incompatibles como para seguir juntos*'.

Ni siquiera me sentí mal. No como cuando me dejó Georgie, mi piel no se tensó, no lloré en mi almohada. Solo lo acepté. Me sentía patético.

Y después, cuando habían pasado cuatro meses, me echaron del departamento que había compartido con Lorraine. Mi casero quería dejárselo a su hijo. Así que tuve que hacer mis maletas y mudarme a un estudio claustrofóbico.

Querido lector, mientras le ofrezco esta serie de eventos desafortunados, no puedo evitar pensar en un refrán de Lao Tzu: '*Si no cambias de dirección, puedes terminar donde te diriges*'.

No me agradaba '*a donde me dirigía*'; una vida llena de largas horas y poca paga, condiciones de trabajo incómodas y poco tiempo libre. Me di cuenta de que debía hacer un '*cambio de dirección*', que necesitaba encontrar un nuevo trabajo.

Todavía me sentía optimista. Tenía la esperanza de poder encontrar un mejor trabajo, con mejores condiciones. Continuaba con esperanzas de que dicho trabajo me permitiera contribuir a la sociedad y ganar más dinero para mi. Todavía soñaba con comprarme mi propio departamento.

Así que solicité otros trabajos, del tipo de trabajos que consideré que alguien con mi título debería de realizar. Me sentía optimista de conseguir esos trabajos, ya que poseía la experiencia laboral así como la certificación.

Conseguí otro trabajo, pero no era el que yo esperaba.

Estimado lector, ¡me convertí en un vendedor de energía!

Estaba en un centro comercial, al lado de un punto de venta y trataba de convencer a los transeúntes de cambiar de proveedor de electricidad. No me veía realizando ese trabajo por mucho tiempo, pero pagaba un poco más que mi puesto anterior, así que lo consideré como un paso en la dirección correcta.

Caminé por los azulejos de ese centro comercial todos los días, acosando a miles de espectadores y repartía volantes en las preocupadas manos de la gente apurada.

La luz blanca omnipresente, que se reflejaba en cada superficie, creaba un eterno mediodía. Aun así, vivía en un crepúsculo permanente. Siempre estaba oscuro cuando salía al exterior. Deje de estar familiarizado con el sol y pase un año completo sin ver un solo arcoíris. Incluso si hubiera visto un arcoíris, es muy probable que lo hubiera ignorado.

Me esforcé mucho.

Inscribí a personas a 'Planes fijos', 'Planes categorizados' y 'Planes prepagados'. Establecí 'Domiciliaciones bancarias', 'Órdenes de servicio' y 'Cuentas de clientes'. Completé los formularios, mantuve mi puesto en orden y sonreí como el gato de Cheshire.

Una y otra vez, día tras día.

DIECINUEVE

Mi trabajo era aburrido, casi todos los días era lo mismo. Pero, de vez en cuando, sucedía algo que me sacaba del trance inducido por la monotonía.

Un día, por ejemplo, ví a una joven pasar, mostraba el resplandor del embarazo que brillaba atravesando su traje de dos piezas. Los diamantes en sus aretes resplandecían y la pintura roja en sus labios era impresionante.

Ella me miró y mi corazón se detuvo. Mi estómago se desplomó y mi rosto se pusó frio como hielo.

Supe quien era ella.

¡Era la dormilona Sampson! ¿La recuerdan? Era la chiquilla que murmuraba en el 'tiempo de silencio', la que me aventó al piso cuando la regañé y me dijo *"Ya no eres el chico que todos solíamos amar, ¡ya no eres el chico que yo solía amar!"*

Bueno, querido lector, ahí estaba ella, de porte elegante y curvas exquisitas. Una tibieza delicada irradiaba de sus mejillas de flor de cerezo. Una risilla juguetona bailaba en su cautelosa lengua.

– ¡Hey! – le hablé.

La dormilona Sampson me ignoró. Era normal, ser ignorado era parte del trabajo. Nadie quería ser acosado por un molesto vendedor, la mayoría de las personas me ignoraban completamente.

– ¡Dormilona! – le grité de nuevo. –¡Oye! ¡Dormilona! ¡Dormilona Sampson!

Entonces se estremeció, como si un fantasma la hubiera traspasado, casi tiritó, casi tembló. Sin mover su cabeza, giró un solo ojo hacia mí.

Mi rostro se reflejó en su cornea.

Me vío. Su cabeza giró en redondo, arrastrando el resto del cuerpo consigo. Su rostro brilló, iluminado con el reconocimiento y la inocencia de la sorpresa. La luz blanca destelló en sus ojos y un rubor rosado la recorrió.

– ¡Yew! – cantó.

Me sonrojé.

– ¡Yew! ¿Cómo estás? – me preguntó.

– Muy bien, me da gusto verte ¡Ha pasado tanto tiempo!

– ¡Dieciséis años!

– ¿Dieciséis años?

– ¡Dieciséis años! No te había visto desde el último día de la escuela primaria. ¿Recuerdas? Nos tomamos fotos en el pasto y juramos que seríamos amigos por siempre.

– ¡Si, lo recuerdo! Nos dieron biblias a todos, nos escribimos mensajes en las páginas en blanco y nos firmamos los uniformes entre todos.

– Si me hubieras dicho en ese entonces que no nos volveríamos a ver en dieciséis años, no te lo hubiera creído.

– ¡Yo igual! ¿a dónde se fue el tiempo?

– El tiempo vuela.

– Es cierto. ¡Mírate! ¡Ya no estas flacucho!

– ¡Y mírate! ¡Ya no andas aflojerada!

– ¡Oye tu, insolente! Nadie me había dicho así en años.

– ¿Cómo te dicen ahora?

– Señora Smith

'La señora Smith' dejó caer su muñeca para revelar el anillo que llevaba orgullosamente en su dedo.

– ¿Te casaste?

– ¡Así es!

– ¿Quién es el afortunado?

– Brian.

– ¿Brian? ¿Brian Smith? ¿El gordo Smith? ¿El niño con más grasa que una orca? ¿La bestia del este? ¿El hombre montaña de la fuente de agua?

– ¡Oye, no digas eso, pícaro! Brian ya no es gordo, es un banquero exitoso.

– ¿Un banquero? ¡Me alegro por él! ¿Y tu a que te dedicas?

– Ya sabes, esto y aquello, soy asistente personal del Jefe Ejecutivo de una gran firma. Pero he pasado la mayor parte de mi tiempo remodelando nuestra casa vacacional. Ya lo estoy resintiendo, a veces pienso que el mantenimiento de esa casa me estresa más que su valor. Pero, ya sabes, se tiene que seguir adelante.

Me reí nerviosamente.

– Mira, tengo que irme, – continuó la 'señora Smith'. – Mi jefe es un poco negrero, si me entiendes, pero me daría mucho gusto ponernos al día. ¿Te gustaría tomar un café uno de estos días?

Asentí.

– ¡Genial! Estamos en contacto.

La dormilona Sampson revolvió su cabello mientras giraba, sus pies se deslizaban y su figura se evaporó.

Yo me quedé helado.

Estaba confundido, simplemente no podía comprender lo que acababa de suceder.

"¿Cómo demonios la dormilona Sampson podía ser tan exitosa?" me pregunté.

Ella era la chiquilla que dormía clase tras clase, difícilmente ponía atención en la escuela. Sus calificaciones eran terribles.

Era la chiquilla que no reaccionaba cuando me limpiaba la nariz con su manga, no le importaba, el mundo le era indiferente.

Era la que murmuraba en el 'tiempo de silencio', no seguía las reglas, no trataba de agradar a sus superiores. No trataba de agradarle a nadie. No era bondadosa como yo, era egoísta hasta la médula.

Sin embargo, era hermosa, estaba felizmente casada, con un buen trabajo y una casa vacacional. ¡Una casa vacacional! Yo no podía pagarme un departamento y ¡ella tenía una casa de vacacionar!

Simplemente no me parecía justo, no me parecía correcto.

Por primera vez en años, mi apatía se rompió.

Estaba furioso, ¡mi cara estaba ardiendo!

Como a un dragón que respira fuego, un aire húmedo salía de mis fosas nasales. Mi piel se volvió reptiliana, mis ojos se abultaron.

La gente me abrió paso.

Estaba hirviendo en el caldo aguado de mi furia. Los nódulos de mi indignación y los trozos de mi irritación embriagaban la sopa de mi desesperación.

"¿Cómo le hizo para hacer tan poco y obtener tanto a cambio, mientras yo me esfuerzo y me dan tan poco?" me pregunté. *"¿Por qué debería sujetarme a las demandas de la sociedad, cuando alguien como la dormilona Sampson podía deslizarse por la vida y mantenerse fiel a sí misma? ¿Por qué molestarse? ¿Por qué?"*

El mismo débil y apagado elemento de duda que palpitaba bajo la superficie de mi mente consiente cuando me pidieron que llevara a cabo la ceremonia religiosa y cuando me llevaron al bar de desnudistas, empezó a zumbar de nuevo. Y ya no era un ruido apagado, era palpitar estruendoso. Como si una nueva realidad estuviera naciendo, rompiendo la fuente de mi mente, dilatando los grilletes que había puesto en mis pensamientos y liberando a mi niño interno de vuelta al mundo.

Tuve que sostenerme de mi puesto para mantenerme erguido. Mis piernas se habían transformado en gelatina, sentía la cabeza ligera y el estómago revuelto.

No dejé ordenado mi puesto esa noche, ni completé el reporte diario de venta. Salí a tropezones a la oscuridad de la noche y me fundí con la niebla borrosa de mi realidad retorcida.

El aire tenía sabor a azufre.

VEINTE

Lao Tzu dijo alguna vez: *Un líder es mejor cuando la gente apenas conoce de su existencia. Cuando el trabajo esta terminado y sus metas han sido logradas, ellos dirán 'nosotros lo logramos'.*

Mi jefe, Dave, no era así. Definitivamente estaba consciente de que '*existía*', nunca me dejó decir que *'yo lo había logrado'.*

Lejos de sugerir un objetivo y dejarme decidir como lograrlo, me exigía hacer las cosas a su modo. Ese largotón se alzaba sobre mí, dejándome muy claro que esperaba que hiciera lo que me decía.

En vez de alabar mis logros más importantes, arremetía contra mi por errores insignificantes. Hablaba como un león, a veces hasta rugía. Pero, la mayor parte del tiempo, simplemente ronroneaba con confianza en sí mismo.

Y en vez de decir *"¿Cómo crees que debamos hacer esto?"*, me decía *"¡Hazlo así!".*

Los psicólogos, como John Sensering y Jack Brehm, dirían que ese tipo de comportamiento es una receta para el desastre.

Ellos llevaron a cabo un experimento en el cual los voluntarios tenían que reaccionar a una lista de declaraciones usando una escala, con *'Concuerdo completamente'* en un extremo y *'En desacuerdo completamente'* del otro con veintinueve puntos intermedios.

Los voluntarios eran informado de que tendrían que escribir un ensayo respaldando o oponiéndose a cinco de estas declaraciones. El primero, '*La ayuda federal a escuelas religiosas debe ser descontinuada'*, no había suscitado una respuesta apasionada, pero las otras cuatro declaraciones si.

Los voluntarios fueron divididos en parejas.

A los que pertenecían al 'grupo inofensivo' se les dijo que un miembro de su pareja debía decidir si iban a oponerse o respaldar la primera declaración, y que ambos miembros debían tomar la misma posición. La persona que tomara la decisión tenía permitido consultar con su compañero su opinión. Pero en lo que concernía a los otros cuatro ensayos, ambas personas podían decidir que posición tomar.

Sin embargo, a los voluntarios del 'grupo amenazante', se les dio que un miembro del su pareja debía escoger la posición en todos los ensayos.

El experimento estaba manipulado, ninguno de los voluntarios podía elegir su posición. Todos fueron puestos en cuartos aislados, luego se les dio una nota que supuestamente venía de sus compañeros, pero que estaba escrita por un investigador. La nota siempre les pedía que tomaran la posición que originalmente habían tomado en la encuesta, para no crear conflictos.

Un 'grupo control' dentro del grupo inofensivo recibieron notas que decían: 'preferiría estar de acuerdo/en desacuerdo con esto, si te parece bien'. Estas notas tomaban en cuenta a los voluntarios en el procedimiento.

El resto de los voluntarios recibieron notas que decían: 'He decidido que ambos estemos de acuerdo/en desacuerdo con esto'. Esas notas forzaban al destinatario.

Luego, mientras escribían sus ensayos, se les pidió a los voluntarios que reaccionaran a la declaración nuevamente, usando la escala original de treinta y un puntos.

Esto fue lo que paso:

Los voluntarios en el grupo control expresaron una creencia más firme, de acuerdo o en desacuerdo, a la declaración con respecto a su reacción original en la encuesta. Reaccionaron de manera positiva porque se les tomó en cuenta en el procedimiento.

Pero el resto de los voluntarios del grupo inofensivo expresó una creencia más débil, se sentían amenazados. No les agradó que les dijeran que debían escribir, aun cuando habían estado de acuerdo con la opinión que se les estaba imponiendo.

Y la gente del grupo amenazante expresó una creencia aun más débil. En promedio, cambiaron sus respuestas por 4.17 puntos en la escala, lejos de la opinión que se les estaba imponiendo, aun cuando habían estado de acuerdo con ese punto de vista en el inicio. Se sentían amenazados por la idea de ser manipulados a escribir sobre las otras cuatro (muy emotivas) declaraciones.

Esto muestra que cuando la libertad de una persona se ve amenazada, tomará medidas para restaurarla de nuevo. Van a modificar sus propias opiniones sobre un tema lejos de la opinión de quien quiere imponérselas, incluso si originalmente estaban de acuerdo en esas opiniones.

Bueno, querido lector, ¡eso era exactamente lo que me estaba pasando a mi!

Verá, mi conversación con la dormilona Sampson me había animado a evaluar mi situación. Me había impulsado a evaluar el modo en el que mi jefe me trataba.

El me decía como debía portarme, como debía sonreír y como debía acercarme a la gente. Me escribió un libreto e insistió en que usara las respuestas programadas para lidiar con las objeciones.

La mayoría del tiempo estaba de acuerdo con el punto de vista de mi jefe. Aprendí mucho de ese joven revoltoso, pero era precisamente el hecho de que me estaba diciendo que hacer lo que realmente me molestaba. Sentía que amenazaba a mi libertad.

Así que, en respuesta a esa amenaza, empecé a alejar mis propias creencias lejos de las que se me estaban imponiendo.

Es como dice Lao Tzu: *'Cuantas mas leyes y orden se hagan prominentes, más ladrones y bandidos habrá'*.

Pues mi jefe anteponía el 'orden'. No me hizo un 'ladrón' o un 'bandido', pero me hizo querer rebelarme. ¡Por primera vez desde que el egot murió, empecé a cuestionar a la autoridad! Cuestionaba todo lo que Dave me ordenaba hacer:

'¿Por qué debo pararme como el me ordena que me pare?'

'¿Por qué debo sonreír cuando el me dice que sonría?'

'¿Por qué debería usar el libreto?'

Ese sutil elemento de duda, ese golpeteo sordo que resurgió cuando hablé con la dormilona Sampson se transformó en mi nueva consciencia. Dominaba mis pensamientos, me hacia cuestionarlo todo:

'¿Por qué debería de obedecer a mis maestros, padres y jefes?'

'¿Por qué debería amoldarme a las normas sociales?'

'¿Por qué debería ceder a la presión de mis compañeros?'

'¿Por qué debería seguir la ley?'

'¿Por qué debería negar a mi verdadero yo?'

Mi mente era una maraña de ansiedades distintas pero interconectadas, una bola de fuego de ira, un saco de arena repleto de angustia.

Había hecho todo lo que todo el mundo había querido de mí, seguí todas las reglas. Respeté a la autoridad, fui a la universidad, me esforcé, trabajé muchas y largas horas. Sin embargo, no había sido recompensado, no había sido ascendido, no había recibido un salario digno y no podía permitirme comprar un departamento.

Es decir, otras personas ganaban buenos salarios, podían pagarse una casa. Incluso la dormilona Sampson llevaba una buena vida. ¡Tenía dos casas! Y nunca había trabajado tan arduamente como lo había hecho yo. ¡Lo único para lo que era buena era dormir!

Mi mente estaba llena de pensamientos como éste.

Como si le hubieran quitado un corcho a mi subconsciente, veinte años de frustraciones embotelladas brotaron en mi mente consciente.

Supongo que se podría comparar mi estado mental con una banda elástica.

Una banda elástica puede estirarse a muchas veces su longitud natural, puede estirarse hasta dejarse irreconocible, pero tiene un límite en el que se suelta y vuelve a su forma natural.

Bueno, querido lector, yo había alcanzado ese punto. ¡El límite de estiramiento! Me estaba reventando para volver a mi forma natural.

El egot había muerto, pero ya no lo necesitaba. Pensaba por mí mismo, sin su ayuda. Su pequeña voz se había vuelto mi grito de batalla. Y fue mi grito de guerra. Era mi pequeña voz. Era mía ¡toda mía!

Todo estaba claro. Estaba claro que había vivido en una jaula, que la libertad estaba al alcance de mi mano. Estaba claro lo que tenía que hacer, era mi propia lucidez. Todo era transparente.

Dave se pavoneaba hacia mí, se puso por encima mío. Sus bigotes se crisparon y su melena se agitó.

Sin detenerse a saludar, inmediatamente empezó a dictar órdenes:

– Necesitas dejar de usar la palabra '*nosotros*', – me dijo. – Necesitas usar las palabras '*nuestros*' en su lugar.

Pero yo estaba ajeno a él. Estaba distraído del mundo.

Lo recuerdo como una sensación de otro mundo, como si hubiera salido del reino físico. Mis piernas sostenían mi torso, mi estructura estaba firme y mi espíritu se quedó quieto. Mi cuerpo se desintegró fuera de mi control.

Observé como mi cuerpo se liberaba, como saltaba hacia el puesto, mientras se golpeaba el pecho como un gorila valiente y mientras hinchaba su pecho como un superhéroe intrépido.

El tenue sonido de la novena sinfonía de Beethoven empezó a llenar mis oídos. Las delicadas cuerdas de violín ofreciendo un telón de fondo melódico para el ballet que se desentrañaba en el escenario.

Mi jefe abrió las quijadas, como si fuera a rugir.

Mi cuerpo realizó una pirueta. Los volantes se elevaron bajo mis pies y se extendieron alrededor de mis espinillas como espuma en un agitado océano.

Sentí una oleada omnipresente de dicha.

Una de mis piernas se elevó de mi cuerpo formando una flecha afilada que apuntaba hacia la desalmada amplitud de ese pasillo. Mantuve esa posición perfectamente inmóvil, mientras levantaba mi barbilla con una gracia ostentosa. Luego salté cual ciervo en primavera, en cámara lenta, con una pierna apuntando hacia delante y la otra tirando hacia atrás.

La novena de Beethoven sonaba gloriosamente mientras ronroneaba a través de los engranajes. Las violas se unían a los violines y los violoncelos se unían a las violas. Los contrabajos resonaban y las flautas silbaban.

Aterricé con los pies juntos como un ángel del aire, un demonio del mar.

Mi mente flotaba sobre un océano infinito.

Mis brazos flotaban a través del aire infinito. Derribaron el tablero detrás de mi puesto, volcaron mi mesa enviando la papelería a la brillante luz blanca.

Podía ver mi alma de simio, podía escuchar los aullidos que salían de mi boca abierta.

Podía escuchar la novena de Beethoven llegar a su primer crescendo, como la sección de bronce inició el grito de guerra. Las flautas se unificaron con los clarinetes, los fagotes resonaron, las trompetas y trompas gritaban con un placer incontrolable.

Rebuzné como asno en su clímax sexual. Mis pulmones estaban llenos de espíritu puro.

Me arranque la camisa y enfrente a mi jefe. Mi pecho peludo se abultaba como los pectorales de los gorilas. Mis hombros protruían de la espalda y mis sienes estaban erectas como cuernos.

Lo rodeé, jugando con el como un gato juega con un ratón y corrí en estampida a su alrededor como una manada de ñus salvajes, dejando los rastros de mi puesto de ventas, compradores torcidos y una mezcla de escombros a mi paso.

La novena de Beethoven llamaba a la redención, la gloria y la liberación. Era un grito apasionado, lleno de furia.

– ¡Yew! ¡Yew! ¡Yew! – gritaba mi jefe.

Pero no me importó.

– ¡Vete a la mierda! – le grité. – ¡Jódete, Dave! ¡Jódete! ¡Jódete! ¡Vete a la mierda tu y tu puto trabajo!

Floté en los vientos del tiempo, dancé sobre la tierra estrellada y volé a través del eterno éter.

Mi cuerpo dejó ese centro comercial detrás suyo.

Mi alma le dijo ‘hasta nunca’ a ese trabajo de mierda.

VEINTIUNO

Estuve desempleado y a poco de quedarme en la calle. Pero no me importaba.

Me encontré a mí mismo, me había liberado. Había experimentado la felicidad eufórica de la rebelión y eso había encendido un hambre ardiente dentro de mí.

¡Quería mas!

Quería mas experiencias trascendentales, mas júbilo.

Quería que la novena de Beethoven me susurrará cosas al oído, satisfacer mis instintos animales.

Y no me rebelaba de manera reactiva. No. Querido lector, por primera vez en mi vida buscaba proactivamente oportunidades para rebelarme. Darle golpes al sistema, reafirmarme.

Asistí a un mitin anticapitalista.

Era un carnaval, lleno de todo tipo de inadaptados y disidentes que se pudieran esperar en una comuna hippy de los años sesentas. Hombres de pecho desnudo que llevaban chalecos hipnóticos, las damas con rastas que vestían faldas indias, los sabios de pelo plateado que convivían con chicas en armas y excéntricos de mediana edad revueltos con revolucionarios sin edad.

Esos activistas plantaban mariguana en la plaza del Parlamento. ¡Era genial! Pusieron a un mohicano de hierba sobre la estatua de un viejo dictador, y garabateaban grafiti sobre un monumento que glorificaba la guerra.

Mi corazón latía con fuerza, mis venas palpitaban.

¡Esa era mi gente! ¡Espíritus semejantes, mis hermanos de alma!

Finalmente me sentí en casa.

Estaba atrapado en la ola de energía de esa gente, que me llevaba por la calle y que me entregaba a la multitud que se había reunido alrededor de un restaurante de comida chatarra multinacional.

Los protestantes estaba destrozando el lugar, quebrando ventanas y volcando mesas. Los electrodomésticos de cocina yacían llorando de lado. Los golpeados restos de ese puesto capitalista sangraban en el piso.

Mi pequeña voz, esa vocecita dentro de mi cabeza, que había permanecido dormida durante años, que había resurgido cuando me rebelé contra mi jefe y que me seguía hablando desde entonces, me dijo que me uniera. Era una voz callada, muy parecida a la voz callada del egot. Era tranquila, sutil, peculiar y me dijo que me uniera, que contribuyera. Me dijo que ayudara al ejército rebelde a crear un mundo mejor.

Y escuché, querido lector, ¡escuché a mi pequeña voz! No a la del egot, no los llamados de los demás, pero a mi vocecita. La manifestación de mi verdadero yo.

Empujé a través de la multitud, me apreté entre activistas veteranos con pelo de colores brillantes y me escabullí entre los turistas confundidos que habían quedado atrapados en la pelea. Dentro y fuera, dentro y fuera hasta que eventualmente llegué al frente.

Cuando llegué, los activistas se habían trasladado a la casa de bolsa de al lado. Le habían quitado las puertas, los protestantes estaban destrozando el lugar en pedacitos.

Cogí una silla, la levanté sobre mi cabeza y la estrellé en una ventana. Me dolió, las vibraciones del vidrio reforzado me recorrieron los brazos, mi hombro se sacudió hacia atrás.

El vidrio destrozado se tambaleó y volvió a su posición original. Miles de fragmentos estaban todavía en su lugar, sostenidos por una especie de película sintética. Mi flojo golpe no había hecho ninguna diferencia.

Pero me sentía muy bien, no eufórico, no extasiado, pero muy bien. Muy muy bien.

Sentí que me estaba *revelando contra la autoridad*. Contra la autoridad que me había preparado en la escuela, que me obligó a ir a la universidad y luego me abandonó. Contra la autoridad que me había guiado un bar desnudista, como un perro en correa y esperaba que le fuera agradecido, y con la autoridad que me había hablar con un estúpido libreto, día tras día.

Sentí que me rebelaba contra esas autoridades, contra todas las autoridades. Sentí que me ponía de pie, no solo por mi, sino por los demás trabajadores atrapados en un centro de llamadas, haciendo monótonas llamadas, ayudándole a un ricachón a hacerse aun más rico. Por los demás empleados que no saben cuando va a ser su siguiente turno, cuando va a llevar su siguiente cheque o cuando podrán permitirse el lujo de comer. Por los demás trabajadores que han perdido la esperanza, que se sienten desamparados y solos.

Ese impulso benévolo surgió a través de mi.

Respiré profundamente y vi la casa de cambio. Para mi, en ese momento, representaba todo lo que estaba mal con el mundo. Cada trabajo sin fin, ventas arduas y jefes desagradables. Sentí que debía de actuar.

Así que levanté la silla una vez más, golpeé una vez más y la estrellé contra la vitrina de la tienda una vez más. Nada cambio, el vidrio permaneció intacto y mi hombro recibió todo el peso del golpe.

Repetí el proceso una tercera y última vez. Pero nada cambio y me pareció que no habría ninguna diferencia si continuaba.

La gente me observaba, me hacían sentir preocupado, paranoico e inseguro. Un escalofrío me recorrió, sentí que el corazón se me detenía.

La vocecita me dijo que había hecho suficiente.

Y así desaparecí de nuevo en la multitud.

Recordando ese día ahora, no puedo evitar sentirlo como una experiencia positiva. Me conecté con miles de almas de ideas afines por primera vez en mi vida. Me había convertido en parte de algo más grande y traté de contribuir, de hacer mi parte. A veces, eso me hace sentir bien, me hace sentir real.

Pero no me había hecho sentir eufórico, no trascendí el plano material. La novena de Beethoven no retumbó en mis oídos

Y, por eso, una parte de mí aun se sentía insatisfecha.

VEINTIDOS

Continúe yendo a una serie de protestas en las semanas siguientes. Protesté por la paz, por el medio ambiente y la justicia social. Protesté contra las armas nucleares, el pago de matrículas y el comercio de armas. Y disfruté esas protestas. De verdad. Pero nunca me extasié con ninguna de ellas. Nunca me sentí como cuando arrasé con el salón de la maestra Brown.

Continúe participando en las protestas porque sentía que estaba haciendo una diferencia, que estaba contribuyendo con la sociedad. Bueno, sentía que estaba contribuyendo más que con mi trabajo,

Y más que nada, seguía yendo porque había hecho amigos en ese grupo de activistas, me gustaba pasar tiempo con ellos. Los necesitaba. Mis viejos amigos tenían carreras y relaciones duraderas, algunos incluso tenían hijos. Pero me había excluido del mundo en el que vivían. Yo era diferente, un marginado, un inadaptado y eso había creado tensión en nuestras relaciones. Me las arreglé para mantener la amistad con Gavin Gillis y algunos compañeros de la universidad, pero eso era todo. No volví a ver a ninguno de mis compañeros del trabajo de nuevo.

Las relaciones con mi familia también se tensaron, simplemente no entendían que estaba haciendo de mi vida. No me aceptaban.

Pero aun necesitaba compañía, necesitaba amistad y creo que eso me llevó a acercarme más a mis nuevos amigos activistas.

Estaba el Pantanoso, que como habrá podido adivinar por su nombre, era el estereotipo del Hippy; camisetas psicodélicas, cabello grumoso y sandalias andrajosas. Estaba Brian, que no era del tipo de persona que uno asociaría con el activismo, tenía un puesto de comida callejera y una joven familia en un pueblo histórico y pintoresco. Y luego estaba Becky. La fuerte y ardiente Becky. Era feminista y no del tipo que parecen hadas.

Amaba a Becky. Es decir, genuinamente la amaba.

Lao Tzu dice que el amor es '*la más fuerte de las pasiones, porque simultáneamente ataca la cabeza, el corazón y los sentidos.'*

Pues así era como me sentía cuando estaba con Becky, como si estuviera siendo '*atacado*' por el amor. Derrotado, pateado en las bolas.

Ella me hacia sentir muy bien, genial.

Mi apatía había desaparecido. Renunciar a mi trabajo me había permitido comprometerme en un espectro emocional completo. Me había permitido sentirme bien de nuevo y sentirme lúgubre también.

Así que pude volver a enamorarme. Fuí capaz de entregarme a esa hermosa jovencita.

Como con Georgie, sentí mariposas en el estómago cuando la veía. Algunas veces decía cosas que resonaban conmigo, me ponían la piel de gallina. Me hacía sentir empalagoso, mi interior se sentía como bombones derretidos.

Me encantaba Becky, me agradaban todos esos activistas, tenían corazones de oro.

Continúe yendo a protestas, para poder pasar tiempo con esas grandes personas.

Fuí a esas protestas hasta que un buen día de otoño, de esos en los que los árboles están llenos de hojas oxidadas y el cielo esta repleto de un arcoíris nebuloso. Los abominables tonos de azul, índigo y violeta proporcionaron un telón de fondo de nuestros cantos de angustia. Y las líneas naranjas, amarillas y verdes, produjeron pequeños destellos de esperanza, de que pudiéramos hacer una diferencia y mejorar nuestra desquebrajada sociedad.

Ignoré el arcoíris, me era indiferente. Para mí, era solo una parte prosaica del fondo.

Estaba concentrado en nuestra protesta.

Nuestro grupo de activistas marchaba por la calle principal y trataba de entrar a un centro de trabajo, para montar una manifestación sentada. Pero una línea de policías fornidos, que tenían mandíbulas cinceladas y pechos esculpidos, bloqueaban la entrada principal. Nos negaron ejercer nuestros derechos legales de montar una protesta pacifica.

Un rapeo político retumbó en la radio; 'Olvida lo que te dijeron en la escuela. ¡Edúcate!'

– Es Akala, – me dijo Pantanoso, – Es bueno, ¿no?

– Si – contesté. – ¡Letras conscientes, chavo!

Pantanoso, golpeaba el piso con su pie envuelto en la sandalia andrajosa al ritmo de la música.

– Ese tipo es el flautista de Hamelín de las ratas revolucionarias.

Sonreí.

– Estas canciones son himnos rebeldes para la juventud desamparada.

Le guiñé el ojo. Los lugareños desconcertados fingían no mirar.

Un protestante lanzó un puñado de confeti sobre uno de los policías. Fue muy gracioso, ese protestante feminizó a esos gigantes corpulentos, bañándolos con delicados petalos de papel como si fueran novias ruborizadas en una boda campestre.

Los policías permanecieron con caras inmóviles, estaban claramente incomodos. Su vergüenza parecía irse transformando en resentimiento.

Pero no se movieron ni un centímetro.

Algunos de los otros activistas se unieron, hicieron llover confeti sobre los policías.

Yo también me uní, lancé un puño de confeti al aire y luego otro.

La frustración de los policías empezó a incrementarse, podía verse en sus ojos, que ya estaban enrojecidos de ira. Se podía ver en sus auras, enrojecidas con maldad perversa. El resplandor del arcoíris creo una neblina sangrienta a su alrededor. Las hojas rojas bailaban entre sus voleadas botas.

Pero no se movieron ni un centímetro.

Tiré un tercer puñado de confeti, luego un cuarto.

Un policía gritó de repente, ¡así sin más! Todo pasó en un abrir y cerrar de ojos.

El policía no pudo contenerse, su instinto animal estalló a través de su autocontrol. Su cuerpo se lanzó contra mí.

Me aventé hacia atrás entre los protestantes, que formaban una pared protectora entre los policías y yo. Me detuvé, estaba dispuesto a defenderme y protestar por mi inocencia.

– ¡Corre! – gritó Pantanoso.

– ¡Corre! – susurró mi vocecita.

– ¡Corre! ¡Corre! ¡Corre!

Corrí.

Corrí por la calle principal, con el obstáculo de mi pierna que se balanceaba como un intento de héroe anciano. Y llegué directo al centro comercial desalmado.

La luz blanca quemaba mis retinas y una punzada me rompía las costillas.

Pero seguí corriendo.

Corrí a pesar del dolor, a pesar de la futilidad de todo. Seguí corriendo hasta que un guardia de seguridad salió de una de las tiendas privadas. Me bloqueó el camino. Se elevó sobre mi como una jirafa sobre una hormiga y apretó los dientes como un toro atormentado.

No había modo de seguir adelante. Así que puse las manos en mis rodillas e inhalé. El aire sabía salado.

Un policía me alcanzó, me esposó y me llevó. Me exhibió frente a una a audiencia de ruidosos compradores y niños engreídos. Todos parecían burlarse de mí, todos me observaban.

Me sentí mal. Físicamente mal, mi estómago estaba lleno de adrenalina, era el recipiente de un ácido amargo. Un globo áspero de vómito. Matraz de suciedad.

Me llevaron a la estación de policía y me encerraron en una celda.

Luego, cuando habían pasado diez horas, fuí liberado. El oficial de servicio me dijo que me enfrentaría a los cargos de 'asalto a un oficial de la ley'. ¡Y eso era todo!.

Quince activistas me recogieron en un minibús rentado. Eran como los reyes magos, traían cerveza como regalo, bien helada, también algo de incienso y un poco de licor. Me dijeron que no me preocupara, que todo estaría bien e hicieron gestos groseros a los policías que me arrestaron.

Me alegró sin fin. Se sentía genial saber que no estaba solo. Que había otras personas como yo.

Me encantaba el espíritu de equipo de estas personas. Para mí, eran como un trago de whiskey en un día de tormenta. Una frazada cálida en una noche fresca. Un abrazo en un momento de profunda soledad.

Me hacían sentir bien, incluso genial. Pero era una sensación fugaz, no la liberación o la iluminación. No era euforia. No era un sentimiento que perdurara.

VEINTITRES

Tuve que ir a la corte tres veces después de lo ocurrido.

Mi primera comparecencia fue para una audiencia declaratoria, donde me declaré inocente.

La segunda debía ser el juicio mismo, pero fue pospuesta porque la policía no le había dado a mis abogados el material las grabaciones de seguridad.

La tercera comparecencia debía ser también el juicio, ¡pero los testigos de la policía ni siquiera se presentaron! Se dieron cuenta de que no tenían un caso, así que me retiraron todos los cargos.

Todo el proceso fue un dolor de pelotas, una especie de guerra psicológica, que me causó un estrés constante.

Sin embargo, algo positivo resultó de esto.

Para obtener un abogado defensor, tuve que solicitar 'Apoyo legal'. Para solicitarlo tuve que comprobar que tenía bajos ingresos, y para poder comprobar que tenía bajos ingresos me tuve que registrar para obtener un 'Subsidio de aspirantes a empleos'. También solicité una 'Prestación de vivienda' en el proceso.

Nunca había solicitado prestaciones gubernamentales, siempre había pensado que eso era para vagabundos y arrimados. Pensaba que la gente debía ganarse su dinero antes de pedir la ayuda del Estado.

Sin embargo, en esas circunstancias, no tenía otra opción. Y, a final de cuentas, me fue muy bien, recibir ese dinero significaba que no necesitaba trabajar, que podía enfocarme en mis necesidades reales.

Pero si abandoné el activismo. Las protestas políticas no me habían ayudado a llegar al estado eufórico que deseaba. Me pregunté si valía la pena todo el esfuerzo y finalmente concluí que no era así. Mi pequeña voz me dijo que esas protestas no estaban mejorando el mundo y yo estaba consciente de que no me hacían feliz.

Amaba a mis amigos activistas y quería seguir en contacto con ellos. Era mas fácil decirlo que hacerlo, me mantuve en contacto con Pantanoso, pero Becky me dejó. Perdimos la única cosa que nos había mantenido juntos.

Eso me desanimó, pero no logró disuadirme. Estaba seguro que el activismo no era la respuesta a mis problemas, estaba convencido de que debía dejar mis días de protestas atrás.

Había probado algo mejor, algo más puro y estaba decidido a experimentarlo de nuevo. Estaba concentrado al cien porciento en lograrlo.

Pero, sin importar que tan arduamente lo intentara, no podía llegar a alcanzar al euforia que había sentido antes. Y eso me carcomía por dentro, me había sentir como un fracasado. Me sentía indefenso y sumiso.

Estaba destrozado, deprimido.

Pero, permítame preguntarle, ¿Qué tipo de persona no sufre de depresión en nuestros días?

Creo que Jiddu Krishnamurti lo tenía muy claro cuando dijo: '*No es un indicativo de salud el estar adaptado en una sociedad profundamente enferma'.*

Bueno, yo no estaba 'bien adaptado' a mi sociedad. No estaba 'bien adaptado' a nada, y mi sociedad estaba 'profundamente enferma'. Había perdido contacto con la naturaleza, con la humanidad y conmigo mismo. Eso me hacía sentir mal.

Estaba enfermo, infeliz y deprimido.

Sentía que no importaba lo que hiciera, no importaba cuan arduo fuera mi esfuerzo, simplemente no podía encontrar la felicidad. Trataba de encajar, pero no me había llevado a nada. No había logrado hacer a mis padres, maestros o jefes felices. Y ciertamente yo tampoco era feliz, nunca conseguí ser ascendido en mi trabajo como deseaba, nunca tuve la posibilidad de comprarme un piso y no había logrado sentirme satisfecho. Quiero decir, había estado negando a mi verdadero yo ¿Cómo podría haberme sentido satisfecho? ¿Cómo habría podido ser feliz?

Así que rechacé a mi sociedad, pero aun así no logré encontrarme a mí mismo. Encontré un poco de felicidad, pero no dicha, no felicidad completa. Y, mientras tanto, me convertí en un inadaptado, un paria, rechazado por mi comunidad, alejado de mi familia y enajenado de mis amigos.

Era un precio muy caro de pagar, me sentí completamente solo, perdido y totalmente confundido.

Mi pequeña voz, esa voz callada dentro de mi cabeza, me dijo que buscara la emoción en otro lado. Y después de mucha deliberación, decidí recurrir a las drogas.

Comencé con antidepresivos; pastillas rosas, azules y amarillas. Todo lo que existe, lo probé. ¡Probé de todas!

Solo tomó un par a la semana para empezar. Luego tuve que tomarlas diariamente. Dos al día. Luego cuatro, luego seis.

Esos pequeños trozos de liberación se abrieron camino a mis neurotransmisores, se sintieron como en casa, limpiando mi serotonina y restregando mi norepinefrina lejos del lugar.

Sentía pequeños momentos de dicha cada vez que tomaba los antidepresivos. Mi mente se aclaraba y mi cuerpo se sentía ligero.

Pero, por desgracia, esa dicha no era duradera. Y había efectos secundarios; sufría de diarrea y constipación, insomnio y somnolencia, dolores de cabeza y mareos.

Aun me sentía insatisfecho, a la deriva y solo. Todavía quería mas, aun anhelaba volar libre. Aun ansiaba oír la novena de Beethoven resonando en mis oídos.

Así que pasé a la cocaína. Y vaya que fue asombroso, una sensación fuera de este mundo.

¡Si! ¡Yuju! ¡Vamos!

Bajo los efectos de la cocaína, la *joie de vie* fluía por mis venas. Una sonrisa enorme cubría mi rostro, podía dejar atrás las preocupaciones y bailar toda la noche.

Pero esa sensación tampoco era duradera. Necesitaba un darme un pase cada hora para mantener la adrenalina. Y, desafortunadamente, no podía darme esos lujos.

Así que me vi a mí mismo. Me cuestioné. Me pregunté sobre mi existencia, sobre todo:

'¿Quién soy? ¿Qué soy? ¿Qué es lo que quiero?'

'¿Qué carajos estoy haciendo con mi vida?'

'¿De verdad creo que puedo encontrar felicidad en este mundo amargo y retorcido?'

'¿Cuál es la finalidad de seguir intentando?'

'¿Por qué no mejor termino con todo?'

Hice una pausa. Inhalé. Exhalé.

Relájate. Respira.

No es fácil para mi escribir esto, querido lector. Pero esos eran mis pensamientos y siento que es mi deber incluirlos.

Si, estaba pensando en terminar con mi vida. ¡Ahí esta, lo dije! Pero, por favor, no lo considere melodramático o lúgubre. Yo no lo veía de ese modo.

Me dije a mí mismo que el suicidio sería grandioso. Algo grande. Una liberación de este mundo de sufrimiento, la trascendencia a un reino puro, libre de las cadenas de esta existencia banal.

Sería como retomar el control de mi vida, sería el dueño de mi suerte, el capitán de mi destino.

Haría las cosas bajo mi condiciones. ¡Mis propios términos! Al igual que cuando causé el destrozo de mi escuela primaria y como cuando renuncié a mi trabajo.

No consideraba el suicidio como una retirada cobarde, abandonando mis problemas. Lo consideraba como una avanzada valerosa, enfrentar lo desconocido. No era una admisión de derrota. No, era una victoria. Un triunfo de la esperanza sobre la desesperación, de la fe sobre la duda, de la elección contra la coacción.

Empecé a investigar, leí todo lo que pude acerca del suicidio. Información sobre como colgarse, electrocutarse a uno mismo o como cortarme las venas. Le ahorraré los detalles sangrientos. Pero, evidentemente, evalué todas estas opciones con seriedad.

Mis pensamientos, por lo tanto, divergieron en dos tangentes opuestas. Por un lado, yo buscaba el nivel más alto de éxtasis, la suprema razón de vivir. Y por otro lado, estaba el máximo bajón, la muerte.

Yo era una criatura de extremos. Aunque creo que ya le resultará obvio. Después de todo, ya le había hablado sobre mi personalidad de 'Todo o nada'. Soy una persona que ve solo lo blanco y lo negro.

Sin embargo, paradójicamente, esos dos extremos tienen una convergencia. Busque mi 'todo' y mi 'nada', mi éxtasis máximo y mi último bajón, en la misma fuente: Las drogas.

En los siguientes semanas y meses, mi consumo de drogas encuadró mis engranajes. No solo tomaba cocaína, sino que tome una mezcla de sustancias alucinógenas, un popurrí de opioides y esteroides. Pastillas y polvos, estimulantes, sedantes y polivalentes.

Cada nueva droga me llevaba más arriba. Me llevaban a la dimensión desconocida, a la novena nube, al séptimo cielo. Cada una me llevó un poco más cerca de alcanzar la meta.

Esas drogas iba a llevarme al nirvana o a matarme definitivamente. Estaba seguro de ello. Y me sentía cómodo al respecto.

Quería morir. Anhelaba la muerte. Mi pequeña voz la llamaba todos y cada uno de los días. Cada hora.

Quería que esas drogas me levantaran, que me cargaran a través de las nubes doradas. Y luego, en ese instante, quería que terminaran conmigo, que pusieran fin a mi miseria, que me alejaran de este mundo de sufrimiento y que me trajeran la paz eterna.

Pensé que sería glorioso, que sería el pináculo de mi existencia terrena. Mi iluminación, mi liberación, mi emancipación.

VEINTICUATRO

Llegué a casa, en mi solitario estudio y colgué mi pesado abrigo en su gancho.

Goteaba sobre el suelo desmoronado.

'Plip. Plop. Plip. Plop.'

Me senté en mi única silla y mire sobre mi mesa miserable.

Frente a mí estaban los frutos de los días utilizados arrastrándome por las innumerables cuevas de inequidad. Los establecimientos de mala reputación donde los personajes de Dickens llevan y tratan con todo el empresariado de los mejores hombres de negocios de nuestro país. Donde se puede obtener lo que sea, cualquier cosa, mientras se esté dispuesto a llenar las manos de esas excéntricas almas con oro y plata. Donde el dulce olor a sudor, industria y esfuerzo, se mezclan con el hedor amargo de la sangre, la adrenalina y semen.

En mi mesa, pequeña y miserable, estaban todas las drogas que había adquirido en esos antros subterráneos. Toda la cocaína, pegamento y anfetaminas; hongos, analgésicos y mota; mezcalina, LSD y ketamina.

Mi objetivo era el éxtasis máximo, y estaba preparado para morir para conseguirlo. Era ganar o morir. Todo o nada. Quería liberarme y no me importaba como iba a lograrlo, esta era mi oportunidad, mi momento.

Las nubes grisáceas consumieron los trozos restantes del cielo azul.

Presioné 'play' en mi estéreo y esperé a que el débil sonido de la novena sinfonía de Beethoven llenara mis oídos. Las delicadas cuerdas de violín cantaban una canción de cuna a mi arrebato. El granizo golpeaba mis ventanas sucias.

Empecé con la cocaína. Era terreno conocido, una vieja amiga.

Una fuerte agitación química subió a mi nariz. Minúsculas partículas polvo con sabor a levadura bajaron por detrás de mi garganta.

Mis ojos se sobresaltaron, mi cuerpo se balanceó. Mi brazos eran como ramas al viento, al unísono con la naturaleza, uno con el tiempo.

La cocaína siempre me daba un deseo incontrolable de bailar.

Me puse de pie, me estaba meciendo, bailaba un tango solitario.

La novena de Beethoven sonaba gloriosa mientras ronroneaba a través de los engranajes. Las violas se unían a los violines y los violoncelos se unieron a las violas. Los contrabajos comenzaron a zumbar y las flautas iniciaron su silbido.

Subí el volumen de mi estéreo, luego tomé un poco de mezcalina, que ingerí con un trago de cerveza rancia.

Había querido probar la mezcalina desde que leí el ensayo de Aldous Huxley 'Las puertas de la percepción'. Para Huxley, la mezcalina era 'un atajo tóxico a la auto-trascendencia', una puerta a las 'visiones sacramentales' y a la 'gracia gratuita'. Una droga espiritual.

Huxley creía que nos poníamos camisas de fuerza en el cerebro, que nos encerrábamos fuera del reino espiritual para poder enfocarnos en el mundo físico. Es un mecanismo de defensa que nos ayuda a sobrevivir aquí en la tierra.

Pero Huxley quería romper esa restricción auto infringida, quería trascender el plano físico. Su propósito era algo mas que 'sobrevivir'.

Y no estaba solo. El pueblo Huichol de México también creé que la mezcalina es una droga espiritual. La usan para sanar, desarrollar fuerza interna y descubrir nuevas profecías. Los nativos americanos han tomado mezcalina por siglos. La gente del ejército lo usa como un suero de verdad.

Así que para mi, parecía la droga perfecta. Una escalera a los cielos. Espiritual, iluminadora y trascendental.

Creí que había encontrado a la ganadora.

Aspiré un par más de líneas de cocaína mientras esperaba que la mezcalina surtiera efecto. Tomé analgésicos y pusé la novena de Beethoven en repetición.

Mi pulso se volvió más lento.

Mi ritmo cardiaco se aceleró.

Mi pequeña vez susurró. *"Beam me up Scottie. I control your body. We all rock fades, fresh faded in la-di-da-di."*

En las puertas de un bosque me paré.

Escuché a las sirenas, cocineros y jornaleros cantar una canción nocturna. Me acerqué a ellos, tomé al misterio como mi amante y elevé la luz como su hijo.

En las puertas de Atlantis me paré.

Hablé con el Hijo del Mar resucitado, el solsticio del día, que trajo noticias de los aguas azules del mar Caspio.

Y corrí a las luces, lanzando amor por los vientos. Y corrí a las luces del infinito, un alumno de su visión, las ruedas estaban en marcha.

Bajo la superficie de mi propósito, vi los rumores del anciano. Vestía juglares con rostros de nube en el cielo, la luna era mi madre. La tormenta me sostuvo la mirada.

Expuse mi lado femenino con flores.

Ella les cortó los tallos y los colocó suavemente en mi garganta.

¡Mi garganta!

¡Me ardía! ¡Raspaba! ¡Picaba! ¡Sangraba!

La novena de Beethoven alcanzó el primer crescendo. La sección de cobre comenzó el grito de batalla. Las flautas unificaron con los clarinetes. Las fagotes resonaron, las trompetas y los cuernos chillaban con placer incontrolable.

El ardor se desvaneció.

Y en ese momento me sentí feliz. Realmente feliz. Soñador. En paz.

Un dejo de luz solar se deslizó entre las cortinas. Me iluminó el rostro. Me iluminó el mundo entero.

Sonreí.

¡Estaba radiante!

¡Inhalé un enorme trozo de dicha pura!

Sentí que estaba en camino a conseguir el éxtasis máximo.

Y luego mi corazón se aceleró, partiendo a una velocidad peligrosa y terminando a una velocidad supersónica. Era irregular, como los platillos de batería en un concierto de jazz. Tenía un ritmo discreto, que resonaba a un millón de latidos por minuto. Y era electrónico. Tenso. Frenético.

Sentía como si un cinturón envolviera mi corazón y estuviera extremadamente ajustado. La lava burbujeante explotó a través de mis arterias, un líquido incandescente manaba por mis venas y unas brasas ardientes quemaban las terminaciones de todos mis capilares.

Mis nervios sufrieron un corto circuito.

Mis ropas sangraron un sudor blanco. Mi piel perdió su color.

La novena de Beethoven pedía la redención, la gloria y la liberación. Era un grito apasionado, lleno de ira.

Cada gramo de mi ser gritaba pidiendo su libertad. Ser libre del dolor, de la perdición y de la vida.

¡Los colores! ¡Estaban por todos lados!

Ví las sombras bailarinas de niños salpicados de polvo escarlata. Ví descender plumas blancas, decoradas con las noticias de mi perdición y ví a la hija primogénita de la oscuridad con rostro de agua. Tomó una posición de loto, con sangre color vino en sus manos.

Poseidón me dió una bola de luz rosada.

El rio verde sabía de mi nombre.

El sol estaba dentro de mí y el agua debajo. Mi estómago giró, como si fuera una brújula. Oré hacia el este y quedé allí sin aliento.

El terror me paralizó por dos horas completas. O quizá por tres. Tal vez más. El tiempo no existía, un reloj sonaba, pero solo para burlarse de sí mismo. Sus brazos no se movían, su cara estaba en blanco.

Y luego seguí.

¡Estaba tan cerca! Tan cerca del éxtasis máximo. Tan cerca del final.

Tomé unas pastillas anónimas y las metí a mi boca.

Aspiré un poco de pegamento.

Zarpé al océano infinito de la nada. Yo era los ciclos de la luna repasados. Era el fruto del vientre del sol.

Me arrojé por la borda, donde oí el misterio de la resaca. Y entendí, que ahí abajo, no habría más cadenas.

Depuse mi aliento y mi nombre, y sobreviví como lluvia.

Yo era el hombre del clima.

Las nubes decían que una tormenta se acercaba.

Un búfalo blanco había nacido, que ya corría.

Escuché muy de cerca.

Oí un zumbido.

VEINTICINCO

'¡Bip! ¡Bip! ¡Bip!'

Estaba cayendo.

Estaba flotando.

Yo era un ave, con mi alas extendidas. Se deslizaban a través de delicados hilos de nubes ahumadas. El aire acariciaba mis plumas, el sol alimentaba mi vuelo.

'¡Bip! ¡Bip! ¡Bip!'

Conducia un auto, solo que el auto no lo era, era un elefante. Estaba sentado dentro del elefante, girando un volante, y mirando por la boca del elefante.

'¡Bip! ¡Bip! ¡Bip!'

Un conejo animado se abalanzó sobre mí con una daga ensangrentada en su pata.

'¡Bip! ¡Bip! ¡Bip!'

Finalmente me di cuenta de que estaba en una cama de hospital. Inconsciente. Sin tener certeza de que es real y que es ficción.

Fue un golpe desgarrador a mi psique.

Nunca estuve arriba o abajo; no había llegado al nirvana, ni había muerto.

'¡Bip! ¡Bip! ¡Bip!'

Escuché a dos enfermeras charlar:

– Por un lado, Steven es un gran amante. Pero por el otro, Patrick realmente me ama.

'¡Bip! ¡Bip! ¡Bip!'

Escuché el sonido de la música.

Escuché el respirador artificial.

Escuché a las enfermeras hablar nuevamente.

– Ya se decidió, le vamos a tener que amputar las piernas.

'¡Bip! ¡Bip! ¡Bip!'

Estaba en una fiesta, los invitados estaba cubiertos en estiércol. Era vívido, realmente podía oler ese sucio excremento. Estaba convencido de que estaba verdaderamente ahí.

'¡Bip! ¡Bip! ¡Bip!'

Un grupo de traficantes de humanos me vendió a un taller clandestino. Me hacían cocer etiquetas de marca en ropa genérica, veinticuatro horas al día.

'¡Bip! ¡Bip! ¡Bip!'

Un estereotipo de Jesús se acercó a mí. Tenía una larga cabellera castaña y una larga túnica blanca. Estaba rodeando por un halo dorado.

– Te puedo llevar al paraíso, – me dijo. – Pero solo si estas listo.

Estaba por gritarle '¡Si! ¡Si! ¡Llévame! ¡Llévame ahora mismo!

Pero vi la tristeza en los ojos de mis padres. La tristeza invadía el aire, los pequeños insectos lloraban con pequeñas lágrimas que les llenaban los ojos.

Me detuve a pensar. Pensé en mi familia, en mis amigos, en la sociedad.

Lo contemplé por horas. Por días. Por semanas.

Pero mi determinación permaneció firme.

– Llévame, Jesús. – le dije. – Llévame lejos de aquí.

El estereotipo de Jesús me miró. Su semblante era suave como la lana de cordero. Sentí que me sonreía, aun cuando no tenía una sonrisa en el rostro. Sentí su amor, su calidez.

– Llévame, – le repetí.

El esterotipo de Jesús negó con la cabeza.

– Lo siento, – contestó. – Aun no es tu momento.

Se levantó. Siguió levantándose, atravesó el techo y luego desapareció.

VEINTISEIS

'¡Bip! ¡Bip! ¡Bip!'

Dicen que el momento más oscuro de la noche es antes de amanecer. Dicen que nada que valga la pena es fácil. Dicen un montón de cosas, sea quien sea que las diga.

Pero entendí a que se referían, sabía que iba a ser difícil cambiar mi vida. Pero es como diría Lao Tzu, '*El viaje de mil millas comienza con un solo paso*'.

Estaba listo de tomar el 'primer paso'.

Abrí los ojos y desperté del coma.

Todo era blanco y brillante. Tan estéril como el centro comercial y tan puro como la primera mañana de la tierra. Un angel en uniforme de enfermera estaba entre toda la blancura. No era hermosa, tenía sobrepeso, manos callosas como las de un trabajador y una cara de rasgos marcados. Pero era guapa, su piel era negra como el universo y sus ojos eran blancos como estrellas. Era seductora, tenía un cierto tipo de sutileza, una especie de solemnidad, que me atraía hacia ella.

– Hola 'belleza durmiente' – me dijo.

Parpadee el sueño de mis ojos.

– Eh, uh, – luché. – Umm. Hola.

La enfermera sonrió. Era una sonrisa regordeta, cálida, fracturada por los años y reconstruida por pura emoción.

– Hola, cariño. – me dijo. – Soy Betty.

– ¿Betty? – Le pregunté con voz atontada.

– La enfermera Betty.

– Oh.

– ¿Cómo te sientes?

– Hola, enfermera Betty.

– Hola Yew.

– Tiene una sonrisa muy linda.

– Gracias.

– Me gusta mucho su sonrisa.

– Gracias, ¿Cómo te sientes?

– Siento la calidez de su sonrisa.

La enfermera Betty sonrió nerviosamente.

– ¿Cómo sientes tu cuerpo? – me preguntó.

– En calma, ligero. Vacio. Inexistente. No lo se, no puedo sentirlo.

– ¿Sientes algún dolor?

– ¡Mucho dolor!

– ¿Dónde?

– En mi mente.

La enfermera Betty inclió la cabeza. Se veía como la empatía encarnada; con cejas levantadas y mejillas hundidas. Me hacia sentir cómodo, supongo que por eso continue.

– Quería el nirvana, – le expliqué. – Quería la muerte, quería libertad, cualquier tipo de liberación. Y aun asi aquí estoy, atorado en el reino material; ni iluminado, ni muerto, ni libre. Y eso duele. Duele mucho.

Era la primera vez que le hablaba a alguien acerca de mis sentimientos y lo hice sin pensarlo. Mi pequeña voz permanecía completamente en silencio. Esas palabras se deslizaron por mi lengua, sin esfuerzo, como agua que gotea de una hoja en declive.

Sentí que hacía lo correcto, me sentia bien. Sentí como si una carga se hubiera levantado de mis hombros.

Encontré amor en los ojos de la enfermera Betty. Eran remolinos de empatía translúcida, vórtices de compasión enternecedora y de humanidad alentadora.

– Pobre alma – me dijo. Puso su mano en mi hombro. – Tendremos que buscarte ayuda.

– Usted me puede ayudar – contesté. – No necesito de nadie más.

La enfermera Betty tensó una mejilla.

– No creo que pueda ayudarte – contestó. – soy solo una enfermera.

– Usted no es solamente eso.

– Bueno, no estoy entrenada para ayudarte de esa manera.

– No me interesa el tipo de entrenamiento que tenga, esas cosas son un montón de tonterías. Solo haga lo que le diga su instinto. Lo primero que le venga a la mente.

La débil luz del reconocimiento recorrió la cara de la enfermera Betty.

– De acuerdo, – me dijo. – Esta bien, cariño.

Sacó un libro de su bolso y me lo pasó.

Tomé el libro, que se titulaba 'La sabiduría de Lao Tzu' y empecé a leer.

VEINTISIETE

¿Alguna vez ha visto a un adulto jugar con un niño pequeño? Esas personas maduras y sensatas a menudo actúan como si ellos fueran los niños. Hacen soniditos y cosas tontas y permiten que su imaginación fluya libremente. Es como si el pequeño le estuviera enseñando de nuevo a jugar, recordándoles una habilidad perdida, y ayudándoles a reconectarse con su niño interior.

Bueno, experimenté un proceso similar, gracias a la enfermera Betty. Ella me ayudó a reconectarme con mi niño interior.

Todo empezó con una delicada pregunta.

– ¿Porque querías morir? – me preguntó.

Me detuve.

Un gorrión cantó una melodía a su amante.

Miré los profuntos y empáticos ojos de la enfermera Betty. Esos ojos que eran blancos como estrellas, y le contesté.

– Porque no puedo ser yo. – le dije. – La sociedad no me lo permite.

La enfermera Betty se mordió el labio. Continué.

– Solo quería ser libre, libre de presiones sociales, libre de ser yo mismo, mi yo verdadero. Mi egot.

– ¿Tu egot?

– Libre de ser yo. Libre de escuchar a mi voz interior, libre de ser feliz.

La enfermera Betty asintió.

– Quieres jugar ¿cierto, cariño? – me preguntó.

Me encogí de hombros.

Mi cuerpo estaba ansioso pero mi mente estaba confundida. No estaba seguro de lo que quería decir la enfermera Betty con 'jugar'. Jugar, para mí, significaba participar en una actividad estructurada, como hacer ejercicio en un gimnasio o cenar en un restaurante. El tipo de cosas que los adultos hacían cuando terminaba el trabajo serio. No pensaba en el concepto infantil de jugar. La necesidad de participar en el tipo de cosas que me habían prohíbido hacer en la escuela.

– Ven, – la enfermera Betty continuó. – Ven, ven, cariño.

Me ayudó a salir de la cama y me llevó por el pasillo. Pero no solo caminamos por el pasillo, ¡oh no! ¡Empezó a cruzarlo dando brinquitos! Daba brinquitos por el pasillo con toda la exuberancia de una niña de cinco años.

¡Y me le uní! ¡Querido lector, en realidad di saltitos por el pasillo! Mi pequeña voz me decía *'¡Que diablos!'* Y asi dí saltos por primera vez desde que era un niño. Balanceaba mis piernas hacia delante y saltaba con la alegría de la juventud.

Saltamos juntos, tomados de las manos, como si estuviéramos en un patio de escuela.

Pasamos por delante de médicos ocupados, enfermos pacientes y visitantes desconcertados.

Nos reímos con regocijo cuando las puertas corredizas se abrieron, como por arte de magia. Y corrimos hacia el césped, donde nos quitamos los zapatos y calcetines.

¡Esa sensación del césped en las plantas de mis pies! ¡Esa magia sin adulterar! ¡Ese elixir bendito!

Los dedos de mis pies sentían el masaje de los mechones verdes esponjosos. Mis plantas besaban la suave alfombra verde, mis talones se hundían en su exuberancia.

La madre naturaleza cosquilleaba mis pies desnudos, la tierra viva acariciaba mi carne cansada. Las migajas de los siglos se absorbían por mi piel escamosa.

Comenzó a llover, empezamos a bailar. Tomados de las manos, giramos en círculos, mientras las lágrimas de querubines acariciaban nuestra piel mortal.

Ese elixir cristalino me llevó a otro lugar, era refrescante, emocionante, real.

Mi corazón bombeba con fuerza.

El color me regresó a las mejillas.

Mi vocecita aplaudió con alegría.

Y la lluvia dió paso a un arcoíris encantado.

Me quedé boquiabierto. Lo observé con el asombro que nos hace abrir la boca y abrir bien los ojos. Un asombro infantil, fascinación dichosa.

¡El violeta era tan vívido! ¡ El índigo tan indulgente! ¡El rojo tan real!

Como si estuviera viendo el arcoíris por primera vez, el espectáculo me llenaba de asombro. Me parecía tan mágico, tan misterioso.

Podrá recordar que había sentido esto antes, justo antes de mi pelea de espadas con el gordo Smith, había mirado al arcoíris y sentí estas mismas emociones. Esta vez también quería perseguir al arcoíris.

Pero no lo había sentido por años. Habia considerado a los arcoirirs como prosaicos, solamente un fenómeno científico. Facil de ignorar y fácil de olvidar. El día que me arrestaron, por ejemplo, estaba totalmente ajeno al arcoíris que colgaba sobre mí. En ese entonces, no valía la pena considerarlo.

Todo eso cambio.

Recuperé mi capacidad de asombro.

Mis ojos glutinosos se deleitaban con la belleza del arcoíris. Comí de sus colores, bebí de sus nebulosos tonos y devoré su brillante resplandor.

La energía regresó a mi ser. La salud regresó a mi piel.

La enfermera Betty me tomó de la mano, su piel áspera acariciaba mi mano.

– Una familia de duendes vive por aquí – me dijo.

Estaba a punto de reirme. De hecho, una risa espontanea jugaba en mi lengua, pero no llegó muy lejos. Mi nueva capacidad de asombro la dominó, la destruyó y la expulsó.

En ese momento pude creer. Le había quitado la camisa de fuerza a mi mente y estaba listo para ver el mundo bajo una nueva luz, estaba listo para liberarme de las limitaciones de la razón y entregarme al mundo de infinitas posibilidades.

– Pueden ver en cavernas gigantes debajo de las raíces de esos árboles, – la enfermera Betty continuó. – Usan uniformes rojos con sombreros pontiagudos y cocinan elaborados banquetes usando todas las nueces y bayas que pueden reunir.

– ¿Qué tipo de platillos preparan?

– ¡De todos, cariño!¡De todo! Gazpacho de arándanos, cuscús de bellotas, pay de ortigas... Ellos hacen del tipo de platillos que los humanos ni siquiera soñaríamos.

– ¡Vaya! ¡Suena genial!

– ¡Claro que lo es!

– Podríamos pedirles alguna receta.

– De acuerdo, ¡Hagámoslo!

La enfermera Betty me guió a través de un bosquecillo de árboes desgarbados. Los abetos oscuros estiraban sus brazos nudosos sobre nosotros. Las raíces enredadas nos pellizcaban los talones, las hojas se nos subían a las piernas.

– Necesitamos llamar a los duendes, – dijo la enfermera Betty. Su rostro arrugado, curtido por los años, estaba inundado de una inocencia infantil. – Necesitamos hablarles asi:

'¡Duendecillo! ¡Duendecillo! ¿Donde estas, duendecillo?'

La enfermera Betty me miró. Esa sonrisa regordeta le llenaba el rostro, se rió entre dientes y continuó.

– Ahora inténtalo tu, cariño.

Asentí. Y, cual adulto siguiendo a un niño, perdí completamente mis inhibiciones.

¡Le grité a los duendes! Les canté. Los busqué en la maleza, y cuando ví algo saltar bajo el follaje, grité '¡Duende! ¡Duende! ¡Duende!'.

Estaba convencido de que era un duende. No había ninguna evidencia que respaldara mi afirmación, pero lo creí. ¡Creí!

Celebramos. Aplaudimos. Seguimos aplaudiendo, se sentía genial el simple hecho de aplaudir.

Nos abrazamos, la electricidad pasó entre nosotros. Ese contacto humano se sintió como un gran trozo de felicidad.

Y nos reímos. Nos reímos mucho. Nos regocijamos. Carcajada sobre carcajada. Esas carcajadas nos hicieron caer al suelo, y las fuertes convulsiones nos obligaban a rodar.

Se sentió magnífico.

Nos reimos y luego nos reimos un poco mas. Nos reimos solo por reírnos. Sonreimos por el solo hecho de sonreir, y aullamos solo por aullar:

– ¡Ah-uuu! ¡Ah-uuu! ¡Ah-uuu!

Un lobo nos regresó el aullido.

Un ave cantó.

Un conejo bailó.

Un árbol se meció.

Un arcoíris sonrió.

VEINTIOCHO

La enfermera Betty me llevó a jugar, a divertirme en el ambiente natural, cada mañana y cada tarde. Hablábamos sobre Papa Noel, el hada de los dientes y los gnomos que cobraban vida por las noches. Le cantamos al viento y bailamos bajo la lluvia.

Esa maravillosa mujer me ayudó a reconectarme con mi niño interior. Pero él era todavía un niño, aun necesitaba crianza, aun necesitaba ayuda para crecer y ser un adulto hecho y derecho.

Solo que no sabía como hacerlo.

Luego escuché una canción de Akala llamada 'Get educated (Edúcate)', la canción que estaba tocando cuando me arrestaron. Podrá recordar la letra que está al principio de este libro.

De cualquier modo, hubo una línea en específico que me hizó pensar:

"Olvida lo que te enseñaron en la escuela. ¡Edúcate!"

Había escuchado esa canción centenares de veces, pero esas palabras nunca llamaron mi atención, hasta ese momento.

Ahí todo se aclaró, todo tuvo sentido. Me di cuenta de que mi resentimiento hacia la escuela no había nacido de la educación que recibí ahí. Valoraba que me hubieran enseñado a leer y escribir, a sumar y restar. No, mi resentimiento nació de mi adoctrinamiento. Y me rebelé contra ello, claro que lo hice, pero nunca me rebelé contra la educación misma.

¡Bip! ¡Bip! ¡Bip!

'No digo que sigas las reglas. ¡Edúcate!'

Con esa sola línea Akala me ayudó a darme cuenta de que la educación puede ser rebelde. Que la educación puede ser la forma más pura de rebeldía. ¡Podía ser una insurrección integra!

Y, que por ese motivo, podría ser liberador.

¡Bip! ¡Bip! ¡Bip!

'Rompe las cadenas de su esclavitud. ¡Edúcate!'

Me di cuenta de que necesitaba educación, de manera urgente. Iba a tener que buscar el modo de educarme a mí mismo.

Así que le pedí a la enfermera Betty que me trajera algunos libros de la biblioteca. Y cuando esos libros llegaron a mi, me sumergí en dulces y añejas páginas. Leí sobre los conceptos psicológicos que ya le he presentado.

Leí sobre el transtorno por déficit de la naturaleza y me di cuenta de que no estaba solo, que era natural sentirme atrapado mientras tenía que sentarme dentro de un aula abarrotada o un lugar de trabajo sin alma. Que muchos niños y empleados alrededor del mundo se sentían del mismo modo, que hubieran preferido estar afuera en un ambiente natural también.

Leí sobre el experimento de Stanley Milgram, que me ayudó a entender mi servitud a la autoridad; Sobre el trabajo de Solomon Asch, y pude comprender como la presión de mis compañeros me había influenciado. Y sobre el sesgo optimista, que me ayudó a entender porque seguía adelante, aun cuando pareciera irracional seguirlo haciendo.

Pero fue mi descubrimiento del Condicionamiento Operante lo que más me afectó. Fue una verdadera revelación. Me ayudó a comprender como el director, mis maestros y padres, habían conspirado para moldearme. Como sus castigos y recompensas habían logrado que negara mi verdadero ser, que matara al egot y que encerrara a mi niño interior.

Eso, a mi parecer, había sido la raíz de todos mis problemas.

Asi que concluí que debía empezar desde allí. Tenía que deshacer los efectos dañinos de mi Condicionamiento Operante, iba a tener que resucitar al egot.

Pero eso, querido lector, era más fácil de decir que de hacer. Si, redescubrí algunas de mis capacidades infantiles de inocencia, sorpresa, asombro, sensibilidad y jocosidad. Pero no había reescrito mi historia, la verdad era que el egot había sido negado, descuidado, despreciado, abandonado y rechazado por muchos, muchos años. Estaba enterrado debajo de la tierra de la presión social, su cuerpo se había convertido en polvo.

Trate de hacerlo volver a la vida. ¡Puse en ello todo mi esfuerzo! Apretaba los ojos, fruncía los labios y concentraba toda mi energía hacia mi cerebro. Me concentraba en la imagen mental del egot. Lo llamé, incluso oré por su regreso. Si, asi es, yo, Yew Shodkin, que no estaba dispuesto a orar por nada en esta vida ¡Oré por el egot!

Pero, por desgracia, no hubo ninguna diferencia. El egot se había ido y no habría de regresar. Iba a tener que seguir adelante sin él.

Habiendo llegado a esa triste conclusión, le devolví el libro de Lao Tzu a la enfermera Betty. Y enterrada entre sus páginas ya hojeadas en abundancia, encontré la inspiración, encontré esperanza y dirección.

Las palabras de Lao Tzu resonaban conmigo, vibraban en mi longitud de onda natural.

Como esta línea, por ejemplo, *'Al dejar ir, todo se realiza. El mundo es de aquellos que aprenden a soltar. Cuando sigues y sigues intentando, el mundo esta lejos de ganarse.'*

¡Nunca se ha dicho algo más cierto!

Me di cuenta de que había pasado mi vida intentando. Intentando e intentando e intentando. Intentaba ser el estudiante que mis maestros querían que fuera, intentaba ser el hijo que mis padres deseaban, intentaba ser el empleado que mis jefes requerían. Intentaba tener éxito, ser el mejor, ganar más recompensas. Intentaba ganar el ascenso, recibir un aumento de sueldo y poder comprar una casa.

No había hecho ninguna diferencia. Yo había *intentado e intentado*, pero *el mundo estaba lejos de ganarse*.

Ese mito en el que nuestra sociedad esta construida, en el que *'puedes obtener lo que tu quieras si haces el intento'*, me pareció completamente absurdo, en el mejor de los casos, era un delirio y en el peor, era una estafa deliberada para manternernos trabajando para ellos.

Para mi, Lao Tzu estaba en lo correcto. Me di cuenta de eso y que de que necesitaba *'soltar'*. O, decía el mismo, necesitaba *'manifestar la sencillez, acoger la simplicidad, reducir el egoísmo y tener pocos deseos'*. Porque *'el que sabe cuando ya ha sido suficiente, siempre tendrá suficiente'*. Podrá *'ganar el mundo'*.

VEINTINUEVE

– Ven, cariño. – Me dijo la enfermera Betty. El resplandor de las luces urbanas reflejada en su piel negra. La brisa de la madrugada acariciaba las arrugas de su rostro curtido.

La enfermera Betty pusó mi bolsa solitaria, que contenía todas mis posesiones de vida, en la rechinante cajuela de su oxidado cacharro. Pusó la llave en la ignición, la obligó a girar y cayó de nuevo en el asiento cubierto de polvo.

El cacharro rugió a la vida, temblaba de lado a lado y vibraba de atrás a adelante. Luego se sacudío hacia delante.

Nos arrastrábamos por las calles laberínticas de la ciudad; pasando por edificios grises, cielos grises y gente gris. Y aunque tuvimos que detenernos y esperar por una interminable serie de semáforos, se sentía como que íbamos progresando. Se sentía como si nos estuviéramos liberando del control robótico de la ciudad.

Finalmente lo logramos. Llegamos a un lugar con vegetación pura. Una tierra que podríamos llamar "campo" o "llanura", pero que yo prefiero llamar Habitat Natural.

Serpenteamos por carriles pintorescos que estaba enmarcados por antiguas paredes de piedra. Nos deslizamos más alla de campos de hierba y árboles que eran más viejos que el tiempo. Anduvimos por vías fangosas que eran tan pegajosas como chocolate caliente en un helado. Nos escabullimos a través de arrojos acuosos.

El aire sabía a libertad, el pasto olía a la vida misma. Los pájaros cantaban sobre el amor.

La enfermera Betty cantaba con los pájaros, ¡Y yo también!

Cantamos tan fuerte como pudimos. El suculento aire llenaba nuestros pulmones y el dulce ritmo llenaba nuestras almas. Me sentía libre, satisfecho.

Querido lector, debo aprovechar esta oportunidad para mencionar cuan agradecido estoy con la enfermera Betty por ayudarme ese día. No tenía que hacerlo, no estaba en los requisitos de su trabajo, pero sin embargo me ayudó.

¡Dios, como amé a esa mujer! No estaba *enamorado* de ella, no deseaba su cuerpo, no albergaba ningún sentimiento romántico hacia ella. Pero sentía un amor puro y desintereado por ella. Un amor benévolo, del tipo de amor que los antiguos griegos llamaban 'agape'.

De cualquier modo, la enfermera Betty se alejó de la carretera y zigzagueó a través de un bosquecillo de árboles danzantes. Llegamos a un claro, que era tan fresco como un amanecer cubierto de rocío. Era eshuberante, acogedor.

Inhalé, y miré a mi nuevo hogar.

Para usted, querido lector, esa cabaña abandonada podría parecer una ruina, un pobre montón de piedras. Pero para mí era el paraíso, un sueño. Tenía cuatro paredes empedradas, mucha madera y la abundancia generosidad de la naturaleza.

Mi pequeña voz soltó un enorme suspiro de alivio.

Finalmente sentí que pertenecía a un lugar.

Fue como dice Lao Tzu, '*La carrera del sabio es de dos tipos: O se siente honrado por todo en el mundo como una flor agitando su cabeza o desaparece en el silencioso bosque*'.

Yo había encontrado mi *silencioso bosque* y me disponía a *desaparecer* en él.

He estado aquí desde entonces.

TREINTA

La enfermera Betty dijo adios y me puse a trabajar.

Arreglé el techo, usando la madera que estaba apoyada contra una pared exterior e hice una pequeña estufa usando los escombros pedregosos que estaba esparcidos por todos lados. Esa cabaña se convirtió en un hogar. Para mí era un palacio, un refugio y un santuario.

La lluvia goteaba por lugares que ni siquiera sabía que existían y el viento resoplaba. Se torcía y giraba, pero no me importaba. Bebía la lluvia con gusto, y absorbía ese aire dulce y sacarino.

Lo absorbí todo y sonreí.

¡Que maravilla! ¡Que belleza! ¡Que gracia!

Al fin sentí que pertenecía a un lugar, como si hubiera encontrado mi estado natural.

Mi vida completa comenzó a fluir con el tiempo y ritmo de la naturaleza.

Como dice Lao Tzu, *'La naturaleza no lleva prisa, pero todo se logra'*.

Bueno, yo tampoco tenía prisa. Hice pequeñas mejoras a la cabaña cada día, hice un poco aquí y otro poco allá. Y con el tiempo, todo fue de logró.

Construí una mesa y unas sillas usando madera que recolecté. Contruí canales para recoger el agua de lluvia. Cabe una letrina e hice una pequeña turbina de viento para encender mi lámpara.

La enfermera Betty me trajó un colchón y algunas semillas.

Puse los toques finales a mi hogar y me puse a trabajar en el claro, donde sembré todas las semillas que pensé que podrían florecer.

Coseché verduras deliciosas y crujientes y tomates suculentos; bayas vibrantes, ávidos árboles frutales y abundantes legumbres.

Me enseñé a sobrevivir; a convertir madera en fuego, trigo en harina y plantas en pociones. Aprendí a buscar comida, como distinguir las bayas comestibles y setas. Como secar nueces, tostar café y procesar el arroz. Como ahumar, deshidratar, salar y curtir alimentos frescos. Y como realizar ejercicios espirituales como meditación y yoga.

Mi vida completa se volvió natural, estaba entrelazada con la naturaleza misma.

Ella me alimentó, me liberó. La naturaleza me mantuvó en mi sano juicio.

Por favor, permítame explicarme...

¿Recuerda cuando dijé que me sentía atrapado en la escuela, justo antes de mi pelea de espadas con el gordo Smith? Esto fue lo que escribí:

"Estaba atrapado y la sofocante naturaleza de la escuela me estaba afectando. Soy un ave ¿saben? Necesito espacio y libertad... Pero ahí estaba, obligado a sentarme detrás de un escritorio, cautivo en cuatro paredes insensibles y esclavizado por la autoridad omnipotente de mi maestro... No se sentía natural, no se sentía correcto."

Pues ese era un sensación recurrente que estaba siempre conmigo, como una sanguijuela en una vena, a través de mi juventud. Era una sensación fastidiosa, un ruido omnipotente que se negaba a dejarme en paz.

Pero, querido lector, esa sensación me dejó en paz cuando me fui a vivir al bosque.

Mi claro me permitío volar libre, me dio espacio y libertad. Me liberó de las cuatro paredes insensibles de mi escuela y de la autoridad omnipotente de mis superiores.

Los árboles que me rodeaban no eran muros, eran porosos, los espacios entre ellos eran puertas hacia un eternamente cambiante país de las maravillas. Me llenaba de asombro todos los días.

Y no tenía un jefe.

Estaría equivocado en decir que era mi propio jefe, mi propio amo. No me mandaba, ni ejercí dominio sobre mí. No me decía que hacer.

Simplemente me fusioné con la naturaleza.

Me levantaba con el sol, me deslizaba con la brisa, inhalaba el tiempo y exhalaba el espacio.

Acogí el silencio, que solo era interrumpido por una alarma que no podía localizar:

¡Bip! ¡Bip! ¡Bip!

El egot nunca regresó y me alegré por ello. Ya no lo necesitaba, necesitaba de mi. Perdí mi sentido de autonomía, ese sentimiento de identidad, de individualidad que tanto ansiaba de joven.

Mi vocecita se quedo callada.

Ya no me veía a mismo como un indivuduo, una entidad distinta separada del mundo. Me veía como parte de un todo mucho mas grande. Una gota en el océano, inseparable del océano mismo. Una estrella en la infinita galaxia. Unido. Indivisible. Uno.

Yo era la naturaleza y la naturaleza era yo.

Era un ave, un animal y un insecto.

Era un árbol danzante.

Un arbusto enredado.

Un cielo completamente estrellado.

Era una cúpula infinita de puro azul.

Pero, querido lector, no estaba solo. No.

La enfermera Betty me visitaba cada pocos meses. Ocasionalmente me trajo cosas que pensó que necesitaba. Nunca pidió nada a cambio. Era bondadosa hasta el fondo.

En una ocasión, me trajo una perra, 'Nube'; una vieja y empalagosa labrador que había sufrido abusos por su dueño anterior. Nube se convirtió en mi mejor amiga, la cuidaba como si fuera mi propia hija. Se volvió el receptáculo de todos mis instintos protectores, y como yo, era se revigorizó con nuestros alrededores naturales.

Despues de unos meses se nos unió una gata anaranjada. La llamé 'Betty', no sabía de donde había llegado. Llegó y decidió adoptarnos. Fue bievenida, apreciábamos su compañía. Aun lo hacemos. Es una gata extraña, es feliz con sobrevivir comiendo una dieta a base de vegetales y se pasa horas en la lluvia sin chistar. Parece estar meditando. Pero supongo que la mayoría de los gatos son extraños, si lo piensa uno bien. Creo que tienen personalidades multiples, no saben si comportarse como cazadores o presas, si ser audaces o asustadizos.

Los pajaros que nos acompañaban no estaban tan confundidos como yo, se sentaban en las ramas y cantaban con felicidad, yo me unía y Nube también.

De vez en cuando nos visitaban alguna liebre o un conejo saltarín. Vimos zorros y ardillas, tejones y serpientes, incluso vimos un pavo real.

Asi que tenía todo lo que había querido siempre y más. Tenía casa y refugio, compañía y paz.

Y, al crear una vida así, creo que le dí crianza a mi niño interior.

Una vez más, permítame explicarme...

Empecé este libro relatando una historia en la cual mi maestra, la señora Brown, nos habló de los salvajes:

"Un salvaje es como un animal" dijo. *"No viste ropa, ni vive en una*

casa, no estudia ni trabaja. Sigue sus instintos primitivos para comer, beber o reproducirse; pero no tiene intelecto, no tiene ambiciones, es maloliente, peludo y grosero. Hace el mínimo esfuerzo a modo de sobrevivir y pasa la mayor parte de su tiempo durmiendo o jugando."

Eso, podrá recordar, realmente me atrajo. Esto es lo que escribí:

"Fue como si me hubiera topado con una especie de súper humanos. Para mí los salvajes sonaban como dioses y en ese mismo instante supe que quería ser uno de ellos. Nunca había estado más seguro de algo en mi vida."

Habiendo aprendido sobre los salvajes, escuché al egot por primera vez. Hice un alboroto, creyendo que yo mismo era un salvaje.

Claro está que no lo era. Pero lo que fue verdad en aquel entonces, también lo fue cuando me mudé al bosque. Quería comer, beber y dormir, quería jugar. Pero no quería trabajar, no quería ser prisionero por las cadenas de la ambición inútil.

Durante años había olvidado mis necesidades reales. Por años había perseguido objetivos falsos impuestos por otros.

Había trabajado arduamente en trabajos que no quería, sin darme cuenta cuan contraproducente era. Era como dice Lao Tzu, '*Llena tu taza hasta el borde y se derramará. Continua afilando tu cuchillo y lo dejarás inservible*'.

Buscaba ascensos, sin darme cuenta de que un puesto en administración no me hubiera satisfecho, como dice Lao Tzu; '*Aquel que controla a otros puede ser poderoso, pero aquel que se controla a sí mismo es majestuoso*'.

Y soñaba con un aumento de sueldo, sin saber que el dinero no me haría mas rico. Como dice Lao Tzu, 'Quien esta contento, es rico'.

Sin embargo, allí estaba yo, en mi claro, viviendo como un salvaje. O más bien, debería decir que estaba viviendo como un 'ser humano natural'. (Porque salvaje es una palabra peyorativa).

Le dí crianza a mi niño interior, le dí todo lo que siempre quiso; como la libertad, espacio y naturaleza. Y lo liberé de las que nunca necesitó, como el trabajo, la ambición y la codicia.

Había sido una oruga y me convertí en una mariposa.

Había sido semilla y me convertí en flor.

Mi niño interno había crecido en un adulto interior. Me convertí en mi mismo. Mi verdadero yo. Me había convertido en uno.

EPILOGO

Han pasado siete años desde que me mudé al bosque y mi tiempo aquí me ha dado la oportunidad de pensar; de juzgar mi situación objetivamente. Y, aunque no puedo decir que he llegado a conclusiones completas, tengo algunas reflexiones que me gustaría compartir con usted, querido lector, antes de seguir nuestros caminos por separado. Espero que estas enredadas divagaciones le sean material de reflexión...

Mirando atrás en mis primeros años aquí sería correcto decir que era feliz. Más feliz de lo que había sido antes. Sentía una dicha verdadera, como espero que fuera evidente en el capítulo anterior.

Esa dicha fue resultado de dos factores distintos:

El primer factor fue positivo; había encontrado mi ritmo natural. Era uno con la naturaleza, tanto de manera independiente como interconectados, parte y absoluto de un todo mayor.

El segundo factor fue negativo; había escapado de una sociedad dominante, llena de presiones abrumadoras y expectativas exageradas. Sentí como si un peso gigantesco se hubiera quitado de mis frágiles hombros.

Y aun sería correcto decir que me sentía unido a la naturaleza. Todavía me levanto con el sol, vivo de la tierra y fluyo con las olas de la naturaleza.

Pero sería negligente de mi parte no mencionar que la euforia de la liberación se ha desgastado. Es cierto que no siento el peso en mis hombros de nuevo, pero no siento el alivio que sentí cuando ese peso se levantó. No me siento emancipado, no siento mucho en realidad.

Quizás en este punto deba mencionar otro proverbio de Lao Tzu. (Sólo espero que no le haya aburrido con mi obsesión con este hombre):

'En la reflexión, vive cerca de la tierra. En el pensamiento, mantenlo simple. En el conflicto, sé justo y generoso. En el gobierno, no intentes controlar. En el trabajo, haz algo que disfrutes. En la vida de familia, permaneces completamente presente.'

Bien, pues ciertamente me mantengo cerca de la tierra y mantengo mi vida simple. Disfruto mi trabajo, si esque se le puede llamar así. No tengo conflictos y nunca he gobernado. Asi que cumplo con cinco de los seis preceptos de Lao Tzu.

Pero, ¿estoy completamente presente en mi vida familiar? ¡Obviamente no! No podría estar mas lejos.

Mi familia vive en mi vecindario de la infancia, y yo vivo aquí en este bosque. Hay muchas millas entre nosotros, pero bien podrían ser galaxias enteras. Para mi, es como si viviéramos en diferentes planos.

Y esto plantea otra pregunta: ¿Puede alguien ser completamente feliz mientras vive en soledad?

Quizás algunos individuos extraños pueden. Pero los humanos somos seres sociales, necesitamos compañía, necesitamos amor.

Yo tuve que elegir entre la sociedad y yo mismo. Me elegí a mi y no me arrepiento en lo absoluto. Solo desearía haber nacido en un mundo donde esa elección no hubiera sido necesaria. Me encanta la pequeña sociedad que he creado aquí, me encanta pasar tiempo con mi gata y con mi perra. Disfruto ver a la enfermera Betty en algunas ocasiones que viene de visita. Pero todavía deseo vivir en una buena sociedad humana, en una sociedad que pueda aceptarme por quien soy.

Me encanta el canto de los pájaros que le da serenata a cada movimiento que hago, pero todavía me hace falta la inimitable armonía de la risa humana, el calido y deshinibido sonido de la alegría de otra persona, el abrazo apretado de otro, el animado cotilleo de una agradable conversación, y la melodía estridente de una comida compartida.

Me gusta el acogedor encanto de una noche fría y el abrazo melancólico de un día húmedo. Amo mi conexión con la naturaleza. ¡Pero la naturaleza puede ser tan implacable! De vez en cuando deseo la comodidad de una casa bien construida, una que no sea insoportablemente fría o caliente, humeda o claustrofóbica. Una que tenga una bañera o regadera o una buena colección de libros.

A veces me pregunto a mí mismo: ¿Es esto lo que realmente quieres?

Y no puedo responder a esa pregunta. No lo se. No lo se. Simplemente no lo se.

Así que hagamos otra pregunta que si pueda contestar: ¿He alcanzado la iluminación?

La respuesta es un rotundo 'no'. Eso lo sé con seguridad. Tal vez nunca llegue a la iluminación, ni siquiera estoy seguro de que exista. (Aunque si es que existe y logro alcanzarla, le avisaré).

Una tercera pregunta: ¿He tenido alguna experiencia fuera de mi cuerpo, donde escuche a Beethoven y corra libre?

Desafortunadamente, tengo que decir que no de nuevo. De hecho, he comenzado a cuestionar si alguna vez tuve esa experiencia en primer lugar. Nuestra memoria puede llegar a hacernos trampas; poniéndole un tono dorado a eventos pasados e impregnando experiencias cotidianas con el mágico tinte que nunca tuvo. Quizas nunca me liberé de mi cuerpo, quizás solo estaba borracho del dulce elixir de la rebelión, intoxicado por mi liberación temporal y extasiado en el descubrimiento de una vida mejor. No lo se, tendrá que decidirlo usted mismo.

Y ahora una última pregunta antes de partir; ¿Soy feliz?

La respuesta a esta no esta muy clara; quizás sea un si, quizás sea un no. ¿Quién sabe? Quiero decir, ¿Qué es la felicidad, para empezar?

Estoy feliz la mayor parte del tiempo. A veces siento una especie de dicha extrema y exhaustiva, a veces siento una felicidad sutil que puede durar varios días. Aun me siento unido a la naturaleza, pero también me siento desconectado con la sociedad humana.

Algunas veces me siento triste, algunas veces me siento solo.

Todo lo que sé es que soy mas feliz de lo que era antes. Vibró a una frecuencia natural. Me siento tranquilo y mi mente esta calmada.

Y para mi, eso tendrá que ser suficiente, es la vida con la que me quedo. Podría ser mejor, pero también podría ser peor. Hago las cosas a mi modo y eso me hace sentir cómodo.

Pero esto no tendría que ser una gran revelación, una profunda verdad filosófica. Ni tampoco es una lección. Le ruego, querido lector, que no siga mis pasos. Necesita seguir su propio camino en la vida, necesita encontrar lo que es correcto para usted. Y nadie, ni sus padres, ni sus maestros, y ciertamente yo tampoco, podemos decirle como hacerlo. Usted, querido lector, es su mejor maestro. Sus experiencias personales le proporcionarán las mejores lecciones que podrá recibir.

Como dice Lao Tzu: *'El ganso de nieve no necesita bañarse para verse blanco. Usted tampoco necesita hacer otra cosa mas que ser usted mismo... En el centro de su ser tiene las respuestas; Usted sabe quien es y que es lo que quiere'*.

Y con esas sabias palabras, me despido de usted.

¡Adios, querido amigo!

Recorra el camino lo mejor que pueda.

Sea la persona que siempre debió ser.

'¡Bip! ¡Bip! ¡Biiiiiiiiiiiiip!'

Los discípulos le dijeron a Jesús:

"Dinos ¿Como será nuestro final?"

Y Jesus respondió:

"¿Han descubierto ya el inicio que están buscando ahora el final? Donde esta el inicio esta también el final"

"Dichoso el que esté en el principio. El sabrá el final. Y no probará la muerte."

Evangelio según Thomas

(Verso Catorce)

ALSO BY JOSS SHELDON...

MONEY POWER LOVE

ALL WARS ARE BANKERS' WARS.

Born on three adjacent beds, a mere three seconds apart, our three heroes are united by nature but divided by nurture. As a result of their different upbringings, they spend their lives chasing three very different things: Money, power and love.

This is a human story: A tale about people like ourselves, cajoled by the whimsy of circumstance, who find themselves performing the most beautiful acts as well as the most vulgar.

This is a historical story: A tale set in the early 1800s, which shines a light on how bankers, with the power to create money out of nothing, were able to shape the world we live in today.

And this is a love story: A tale about three men, who fall in love with the same woman, at the very same time...

ALSO BY JOSS SHELDON...

OCCUPIED

"A unique piece of literary fiction" - **The Examiner**

"Darker than George Orwell's 1984" - **AXS**

"Candid and disquieting" - **Free Tibet**

"Genre-busting" - **Pak Asia Times**

"A must read" - **Buzzfeed**

SOME PEOPLE LIVE UNDER OCCUPATION.

SOME PEOPLE OCCUPY THEMSELVES.

NO ONE IS FREE.

Step into a world which is both magically fictitious and shockingly real, to follow the lives of Tamsin, Ellie, Arun and Charlie; a refugee, native, occupier and economic migrant. Watch them grow up during a halcyon past, everyday present and dystopian future. And be prepared to be amazed.

Inspired by the occupations of Palestine, Kurdistan and Tibet, and by the corporate occupation of the west, 'Occupied' is a haunting glance into a society which is a little too familiar for comfort. It truly is a unique piece of literary fiction...

ALSO BY JOSS SHELDON...

INVOLUTION & EVOLUTION

A RHYMING ANTI-WAR NOVEL

"Flows magnificently across the pages"
"Great, thrilling and enlightening"
"Quick paced and rhythmic"

This is the story of Alfred Freeman, a boy who does everything he can; to serve humankind. He feeds five-thousand youths, salves-saves-and-soothes; and champions the maligned. He helps paralytics to feel fine, turns water into wine; and gives sight to the blind.

When World War One draws near, his nation is plunged into fear; and so Alfred makes a stand. He opposes the war and calls for peace, disobeys the police; and speaks out across the land. He makes speeches, and he preaches; using statements which sound grand.

But the authorities hit back, and launch a potent-attack; which is full of disgust-derision-and-disdain. Alfred is threatened with execution, and suffers from persecution; which leaves him writhing in pain. He struggles to survive, remain alive; keep cool and stay sane.

'Involution & Evolution' is a masterpiece of rhyme, with a message which echoes through time; and will get inside your head. With colourful-characters and poetic-flair, it is a scathing critique of modern-warfare; and all its gory-bloodshed. It's a novel which breaks new ground, is sure to astound; and really must be read.

www.joss-sheldon.com

Tus comentarios y recomendaciones son fundamentales

Los comentarios y recomendaciones son cruciales para que cualquier autor pueda alcanzar el éxito. Si has disfrutado de este libro, por favor deja un comentario, aunque solo sea una línea o dos, y házselo saber a tus amigos y conocidos. Ayudará a que el autor pueda traerte nuevos libros y permitirá que otros disfruten del libro.

¡Muchas gracias por tu apoyo!

Made in the USA
San Bernardino, CA
19 August 2019